KB252348

엄마, 내 마음 아세요?

초등학생을 위한 행복한 마음 교과서

엄마, 내 마음 아세요?

지은이 | 노경실
그린이 | 김영곤

1판 1쇄 인쇄 2010년 6월 28일
1판 7쇄 발행 2012년 4월 24일

펴낸이 | 김영곤
키즈사업본부장 | 은지영
책임편집 | 김연정
기획편집 | 탁수진, 정혜원
마케팅 | 김태균, 오하나, 정원지, 이희영

펴낸곳 | (주)북이십일 을파소
출판등록 | 2000년 5월 6일 제10-1965호
주소 | 경기도 파주시 교하읍 문발동 파주출판문화정보산업단지 518-3(413-120)
연락처 | 031-955-2171(영업마케팅) 031-955-2705(기획편집) 031-955-2177(팩스)
이메일 | eulpaso@book21.co.kr
홈페이지 | http://www.book21.com

ISBN: 978-89-509-2552-9 (74810), 978-89-509-2553-6 (세트)

엄마, 내 마음 아세요?

노경실 글 | 김영곤 그림

을파소

차례

누가 나 좀 구해줘요! 지금 너무 서먹서먹하고 어색해서 미칠 것 같아요!

낯섦과 0.6초의 시간

"현호야!"

민식이 목소리다! 순간, 축 처진 현호의 어깨가 곧게 펴지며, 얼굴 가득 환한 미소가 올라왔다. 현호는 고개를 돌렸다.

"현호야, 너는 3반이지? 나는 7반이야."

"알아……."

또다시 어깨가 스르르 낮아지는 듯 현호의 목소리가 작았다.

오늘은 새 학기 첫 날.

하지만 현호는 마음이 밝지 않다. 흰돌 초등학교를 다니면서 가장 친한 친구가 된 민식이와 이제는 다른 반이다. 게다가 7반은 3층에 뚝 떨어져 있기 때문이다. 4학년 1반에서 3반까지는 2층이고, 4반부터는 도서실이 있는 3층이다.

"공부 끝나고 학원 갈 때는 같이 가야 돼!"

현호가 형에게 말하듯 하자, 민식이가 빙긋 웃었다.

"알았어. 너나 다른 반 됐다고 나 배신하지 마."

두 친구는 '너의 담임선생님은 누구야?' '이번에 진짜 재밌는 판타지 영화가 개봉한대.' '우리 아빠가 엄마 몰래 천 원 줬어.' '우리 누나가 밥 먹다가 방귀 뀌었는데 진짜 냄새 독해서 기절하는 줄 알았어.' 라고, 이야기를 나누며 학교 안으로 들어섰다.

학교에서는 올해부터 교실의 이름표에 담임 선생님 이름을 새겨 넣었다. 현호는 교실 이름표를 보며 생각했다.

'내가 4학년이니까 벌써 4년째 흰돌 초등학교를 다니는데 마음이 참 이상하네……'

정말 이상했다. 우선 교실문을 활짝 열고 들어가기가 어색했다.

새 담임선생님은 어떤 분일까? 이름이 '노연경'이니까 여자 선생님 같은데! 마귀할멈처럼 무섭거나 옆집 아줌마처럼 신경질쟁이가 아니면 좋은데. 천사처럼 착한 분이면 얼마나 좋을까? 공부 못해도, 떠들어도 때리지 않으면 더 좋고!

드르르르르…….

현호는 문을 살그머니 열었다. 자리에 앉아 있는 아이들이 고개를 돌렸다. 아직 선생님은 오시지 않았다. 현호는 재빨리 아는 얼굴들이 있나 둘러보았다.

'휴우…….'

현호는 몇몇 낯익은 얼굴을 찾아내자 안도의 숨을 쉬었다. 그러나 그 친구들은 이미 짝을 지어 앉아서 느긋하게 현호를 향해 손을 흔들었다. 그리고 곧 고개를 돌려 자기들의 이야기로 빠져들었다.

'으이그…… 어떡하지…….'

할 수 없이 현호는 빈자리를 찾아갔다.

현호는 옆자리에 앉아 있는 남학생에게 아주 작은 목소리로 어색한 웃음을 지으며 말했다. 사실은 '안녕!'이라고 인사하고 싶었지만 다른 말이 나왔다.

"여기 자리 비었니?"

머리카락의 3분의 1정도를 노랗게 염색하고, 가슴팍에 엄청나게 큰 해골 무늬가 그려진 검정 점퍼를 입은 남학생은 현호의 물음에 고개만 까닥했다. 현호가 인사를 하지 않아서였을까? 현호는 얼른 가방을 책상 위에 올려놓고 의자에 앉았다. 엉덩이에 닿는 의자의 느낌이 너무 서늘해서 남의 의자에 몰래 앉는 기분이 들었다.

'읏, 차가워! 그리고 쟤는 뭐 인상이 저래? 연예인 지망생인가? 아님, 조폭 같은 싸움꾼? 설마 쟤랑 짝꿍하는 건 아니겠지.'

현호는 이래저래 마음이 불편했다. 아니, 점점 가슴이 답답해졌다. 낯선 교실, 낯선 아이들, 낯선 책상과 의자, 낯선 기운…… 그리고 이제 곧 낯선 선생님까지 들어오겠지. 현호는 마음을 진정하려고 길게 들이마시고 잠시 있다가 쑤우우욱…… 내쉬었다. 아빠에게 배운 복식 호흡법이다.

'병국이랑 종철이, 홍주랑 동수는 의리도 없어. 미미랑 지영이랑 해리랑 수진이도 그래! 자기들끼리 짝꿍해서 앉았으면 나를 위해 내 자리에 한번 와줘야 하는 거 아니야? 나는 이상한 애랑 앉아 있는데…….'

현호는 3학년 때 같은 반이었던 친구들이 얄밉고 또 얄미웠다. 마치 자기 혼자 늑대의 무리가 우글거리는 숲 한가운데 버려진 기분이 들었다. 소리치고 싶었다. 교실에서 뛰쳐나가 3학년 때 공부하고 뛰놀던 교실로 도망가고 싶었다.

'누가 나 좀 구해줘요! 지금 너무 서먹서먹하고 어색해서 미칠 것 같아요!'

이 **낯섦 :** 서로 알지 못하여 어색하고 서먹서먹하다. 사물이 눈에 익지 아니하다.

익숙함 : 어떤 일을 여러 번 하여 서투르지 않은 상태. 어떤 대상을 자주 보거나 겪어서 처음 대하지 않는 느낌이 드는 것.

02 2009년 미국 샌디에이고 캘리포니아대 네드 새힌 박사와 하버드대 연구진은 두뇌가 문제를 인지하고 어휘를 떠올린 뒤 이를 문법에 맞게 말하는 데 0.6초가 걸린다는 사실을 알아냈다. 즉, '생각'이 '말'로 바뀌는 데 0.6초가 걸리는 셈이다.

03 현호가 처음 보는 친구, 그리고 예전 친구들에게 먼저 '안녕!'하고 인사했다면, 즉 0.6초의 시간을 활용했다면 '낯섦'에 대한 공포는 확 사라지지 않았을까? 오늘 새 교실에서 새 친구들과 첫 학기를 시작하는 여러분, 먼저 옆자리 친구에게 웃는 얼굴로 인사해 보자. "안녕! 나는 ○○○야!" 단 0.6초면 된다.

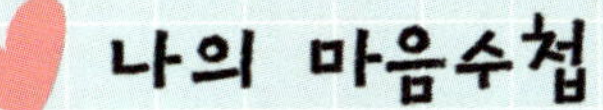

나의 마음수첩

- 아직 다정하게 인사 나누지 않은 반 친구가 있는지 생각해 보세요. 그 친구들 이름을 적어 보아요. 그리고 내일 아침, 그 친구들을 만나면 먼저 '안녕!' 하고 인사해요. 쑥스러우면 하루에 한 사람씩 인사해요.

———————————————————

———————————————————

- 인사한 친구들의 이름을 차례로 적어 가요. 그러다 보면 한 학기가 가기 전에 반 친구들 모두와 다정한 사이가 될 테니까요.

———————————————————

———————————————————

- 참! 반 친구들뿐 아니라 자주 만나게 되는 동네 어른들께도 먼저 인사해 볼까요?

———————————————————

———————————————————

하루도 안 빼고 몸무게를 적는대. 그리고 하루 동안 자기가
뭘 먹었는지도 다 적어. 물을 얼마나 마셨는지도 적는대.

둘
너는 네가 얼마나 예쁜
사람인지 알고 있니?

"엄마!"

현호의 누나인 6학년 희진이는 요즈음 거울 앞에 자주 선다. 그리고 툭 하면 엄마를 부른다. 일요일인 오늘도 희진이는 거울 앞에서 엄마를 불렀다.

"왜 그러니?"

거실에서 책을 읽고 있던 엄마가 물었다.

"엄마, 나 살찐 것 같지 않아요?"

"궁금하면 몸무게 재면 되잖아."

엄마가 책에서 눈을 떼지 않은 채 말하자, 퍼즐 놀이를 하던 현호가 놀리듯 물었다.

"누나, 연애해?"

"뭐? 내가 그렇게 한가한 줄 알아?"

희진이가 버럭 화를 냈다.

"그런데 왜 만날 몸무게 타령이야?"

"어휴, 기가 막혀서! 나도 여자야. 그러니까 내가 몸무게랑 얼굴에 신경 쓰는 건 자연의 이치야. 본능이라고! 겨우 4학년짜리가 여자 마음을 알겠어?"

희진이는 엄마 옆으로 오며 말했다.

"내가 왜 몰라? 우리 반 34명 중 절반이 여자애들이야. 그런데 왜 여자들 마음을 몰라? '4학년이 뭘 알아'라는 말을 4학년 애들한테 하면 4학년 애들이 폭동일으킬 걸!"

"그래, 너 잘났다! 벌써 어른이라서 좋겠다!"

현호가 뭐라 대꾸하려는데 초인종 소리가 울렸다. 민식이였다.

"현호야, 야구하러 가자!"

"좋아! 날 구출해 줘서 고마워! 잠깐만 기다려!"

현호는 잘 됐다, 하며 재빨리 모자와 야구장갑을 들고는 밖으로 나갔다.

학교 운동장으로 향하는 길에 민식이가 물었다.

"현호야, 왜 내가 널 구출해 준 거니? 엄마한테 혼나고 있었어?"

"그게 아니라……."

현호는 누나 얘기를 들려주었다. 그러자 민식이가 웃었다.

"민식아, 왜 웃어?"

"응…… 내 짝꿍 생각이 나서."

"왜? 지영이가 어째서?"

"지영이가 누굴 좋아하나 봐. 만날 멋 부린다. 그리고 다이어트 일기장을 쓴대."

"다이어트 일기장? 그게 뭔데?"

"하루도 안 빼고 몸무게를 적는대. 그리고 하루 동안 자기가 뭘 먹었는지도 다 적어. 물을 얼마나 마셨는지도 적는대."

"와! 대단하다! 지
영이는 나중에 연
예인 되려나보다!"

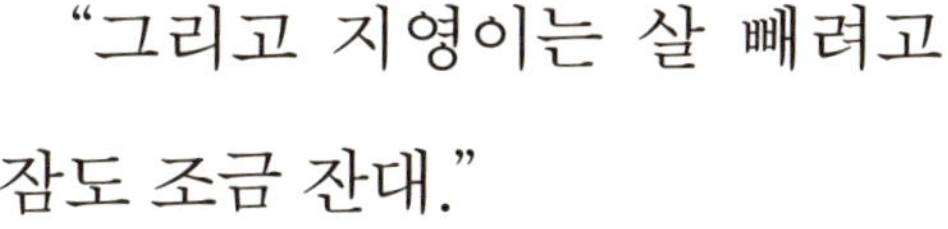

현호는 고개를 흔들며
말했다.

"그리고 지영이는 살 빼려고
잠도 조금 잔대."

"잠을 조금 자면 살이 빠진대?"

"지영이가 그러는데 잠을 덜 자면 피곤해서 살이
더 빠질지도 모른대."

"그래? 우리 희진이 누나한테도 알려줘야겠네."

두 친구는 어느새 학교 운동장 안으로 들어섰다.

토요일이라 그런지 어른들도 많이 와 있었다. 모두
열심히 몸을 움직이고 있었다.

"어른들도 다이어트 열풍이네. 그런데 오늘은 축구

안 하나 보다.”

“축구는 아침 일찍 하는 걸로 학교에서 정했잖아. 어? 저기 우리 반 여자애들도 있다. 지영이도 있네.”

민식이가 손으로 한 곳을 가리키더니, 큰 소리로 불렀다.

“지영아! 선미야! 다희야!”

세 여자아이도 현호와 민식이를 향해 손을 흔들었다. 그런데 지영이가 비틀거렸다. 선미와 다희가 얼른 지영이를 부축했다.

“어? 왜 그러지? 어디 아픈가? 심하게 다이어트를 해서 그런가?”

현호와 민식이가 고개를 갸우뚱하며 달려갔다.

눈부신 봄날, 토요일 오후 햇살 아래에서 지영이는 밝은 얼굴이 아니었다.

24"
꿈 나 라

01 **외모지상주의 – 루키즘(lookism)**

외모가 개개인의 우열과 성공과 실패를 좌우한다고 믿어, 외모에 지나치게 집착하는 것을 말함. 우리나라도 루키즘이 사회 문제로 등장했다. 조사 결과 한국 여성들이 세계에서 가장 많은 성형 수술을 하며, 다이어트 열풍에 휩쓸려 무리하게 살을 빼다가 죽음에 이른 경우도 보고되고 있다.

02 뉴질랜드 오클랜드대 연구진은 월간 《수면(Sleep)》에 실린 논문을 통해 어린이 519명을 7년간 관찰한 결과 하루 수면 시간이 9시간 미만이면 과체중이나 비만이 될 가능성이 3배 증가하는 것으로 분석됐다고 밝혔다. 즉, 잠을 적게 자는 어린이들이 뚱뚱해질 가능성이 크다는 연구 결과이다.

03 거울 앞에서 얼굴을 볼 때, '지금 내 마음은 어떤 모습이며, 무슨 색깔일까?' 하고 생각하는 습관을 가져보자. 한 달 만에 더 예쁜 얼굴이 될 것이다. 믿거나, 말거나!

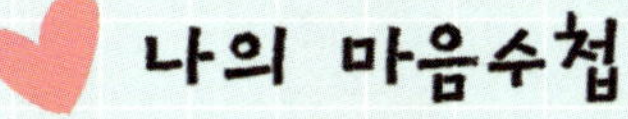

● 자신의 얼굴에서 가장 마음에 드는 곳이 어디인지 적어 보아요.

____

____

● 그런 다음 차례대로 10년 뒤, 20년 뒤, 30년 뒤…… 달라질 자신의 얼굴을 그려 보아요.

____

____

● 그리고 그 얼굴 옆에 간단히 적어 보세요.

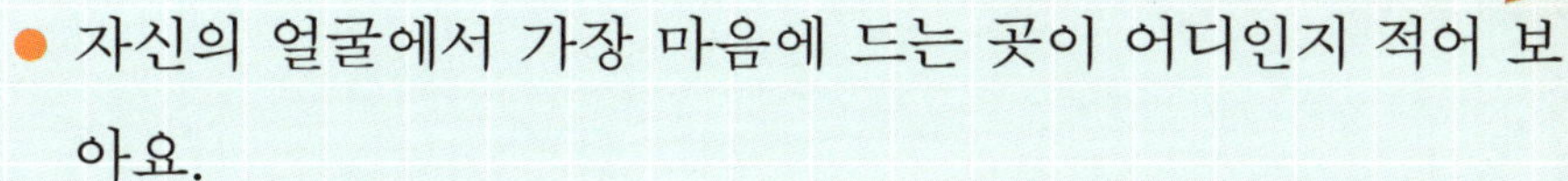

이런 시간을 갖게 되면 얼굴보다 더 소중한 것이 무언지 깨닫게 될 겁니다.

____

____

현호는 학교 운동장 안으로 들어서면서 생각했다.
'엄마랑 안 싸우는 날이 있으면 그 날은 기적의 날일지도 몰라!'

엄마랑 다투는 내가 나쁜 아이인가요?

학교 가는 길. 현호는 고개를 갸웃갸웃했다.

'엄마랑 누나는 같은 여자라서 사이가 좋은가? 왜 나는 엄마랑 만날 싸우는 거지?'

현호 생각에 일 년 365일, 하루 걸러 엄마와 싸우는 것 같았다.

그저께도 일이 있었다. 엄마는 친구들과 야구 경기를 하고 온 현호를 나무랐다.

"현호야, 놀다 왔으면 얼른 씻고 공부해야지!"

현호는 화가 났다. 내가 놀다 온 거라고? 야구 경기가 무슨 유치원 애기들 소꿉놀이인 줄 아시나 봐? 그래서 꽥 큰소리를 냈다.

"엄마! 나, 놀다 온 거 아니거든요! 운동하고 온 거거든요!"

"운동? 네가 무슨 올림픽 출전 선수야? 야구 하면 누가 금메달 준대? 말대꾸 그만 하고 얼른 샤워해! 땀 냄새 나!"

"금메달 따야만 운동으로 인정해 주는 거예요? 어휴, 금메달만 인정해 주는 더러운……."

현호는 얼른 입을 다물었다. '더러운 세상'이라고 말하고 싶었지만, 며칠 전에 그 말 때문에 엄마한테 한바탕 혼이 났었다.

그리고 어저께도 조용히 보내지 못했다. 현호가 그림 숙제를 하고 있는데, 엄마가 조용히 지켜보더니 한마디 했다.

"현호야, 엄마 생각엔 바다를 좀 더 파랗게 칠하면 좋을 것 같은데……."

"환경오염에 대한 그림이라서 바다를 시커멓게 그

린 거예요."

"그렇구나. 그런데 왜 시커먼 바다에서 애들이 수영을 하니? 그건 좀 이상하네."

"애들이 오염된 물인 줄 모르고 수영하는 거예요. 그러니까 위험하다는 거지요."

"그래도 엄마는 이해하기 힘드네. 수영하는 애들 대신 죽은 물고기를 그리는 게 낫지 않을까?"

"아뇨! 오염된 바다에서 수영하는 애들을 그려야 환경 오염의 심각함이 더 잘 나타나요."

"그래도 환경 문제에 대한 그림이라면 누구나 단번에 알 수 있도록 심각하게 그리는 게 좋을텐데."

"심각성만 생각한다면 아예 스케치북을 까만색으로 도배하는 게 낫겠네요? 안 그래요?"

"글쎄……. 엄마 생각엔……."

순간, 현호는 볼멘소리를 냈다.

"그럼, 엄마가 나 대신 숙제 해 주세요!"

"현호야, 엄마 생각을 말한 건데 왜 화를 내니? 엄마랑 아들 사이에 이런 얘기도 못 해?"

"몰라요! 환경 오염이 문제가 아니라 우리 집안이 문제야!"

"뭐라고? 너 사춘기니? 왜 그렇게 예민하니? 엄마가 남이라면 너한테 이런 얘기를 하겠어? 엄마니까 너랑 이런저런 대화를 하는 거지!"

"대화가 아니라 싸우는 거잖아요?"

"싸우다니? 의견 충돌이지."

"그게 그거지요……."

현호는 숙제하던 걸 챙겨 제 방으로 향했다. 엄마는 서운한 표정으로 현호의 뒷모습을 쳐다보며 말했다.

"현호야, 엄마는 너랑 네 누나랑 얘기할 때가 제일 행복해. 그러다 보면 의견이 달라서 서로 섭섭할 수도 있지만 그걸 싸운다고 말하는 건 너무하지 않니?"

현호는 방문을 닫으면서, 생각했다.

'뭐가 너무해? 싸우니까 싸운다고 말한 건데……'

결국 현호는 그림 숙제를 잘하지 못했다. 신경질이 부글부글 끓어올라서 반 정도 남은 숙제를 아무렇게나 한 것이다.

그런데 오늘 아침에도 엄마와 부딪히는 일이 생겼다. 사실 별일 아니었다. 밥을 먹으면서 현미밥이 왜 몸에 좋은지 얘기하다가 언성이 높아진 것이다. 엄마가 말했다.

"오늘부터 하루 세끼 언제나 현미밥을 먹을 거니까 힘들어도 참아야 해."

"싫어요. 아빠랑 나는 그냥 쌀밥 해 줘요. 아빠도 현미밥을 얼마나 싫어하시는데요."

“현미가 얼마나 몸에 좋은데……."

엄마는 거의 5분 넘게 현미의 유익함에 대해 설명했다. 그러나 현호는 귀에 모래알이 술술 들어오는 것처럼 괴로웠다.

현호는 학교 운동장 안으로 들어서면서 생각했다.

'엄마랑 안 싸우는 날이 있으면 그날은 기적의 날일지도 몰라!'

이 **싸움 :** **1.** 말, 힘, 무기 따위를 가지고 서로 이기려고 다투다. **2.** 기량의 우열을 가리다. **3.** 시련, 어려움 따위를 이겨 내려고 애쓰다.

다툼 : **1.** 의견이나 이해의 대립으로 서로 따지며 싸우는 일. **2.** 서로 승부나 우열을 겨루는 일.

02 **싸움과 다툼의 차이 –** 말로 따지면서 다투는 것은 '말싸움' 보다 말다툼이라 하고, 힘이나 주먹, 무기를 가지고 싸우는 것은 '다투다' 대신 '싸우다' 라고 한다.

03 영국의 사춘기 발달단계 전문가 타비사 홈스는 자녀와 부모 사이에 말다툼이 잦을수록 더 끈끈한 관계가 형성된다는 연구 결과를 발표했다. 말다툼이 당장은 아이의 마음을 상하게 해도 그 과정에서 속내를 털어놓으면서 서로를 더 잘 이해하게 돼 부모와 자식 사이가 가까워진다는 것이다. 하지만 무조건 다투면 안 되고, 다투는 과정에서 부모는 자녀의 말을 주의 깊게 듣고 필요한 것은 받아들일 자세가 되어야 한다고 말했다.

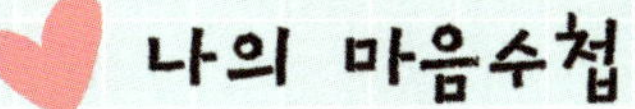

● 엄마들이 가계부를 쓰듯이 여러분은 다툼 메모를 시작해 보아요. 잠자기 전에 오늘 내가 누구랑 왜 다퉜는지 적어 보는 거지요. 쓰는 게 귀찮으면 다툰 사람 이름만 적어도 됩니다.

> **예** 엄마 – 방 안 치운다고 다툼. 십 분 정도 엄마는 큰 소리로 나를 야단 치고, 나도 큰 소리로 대들었음.
>
> 동생 – 내 컴퓨터로 게임 하지 말라고 했는데도 나 몰래 해서 서로 때리고 싸웠음. 동생이 울면서 엄마한테 일러서 나만 혼났음.
>
> 친구 민호 – 민호가 내가 몰래 좋아하는 여자애한테 내 흉을 봐서 욕하며 싸웠음.

● 이런 작업을 일주일 정도 한 다음 다시 읽게 되면, 가장 먼저 깨닫게 되는 것은 '화내기 전에, 욕하기 전에, 주먹질 하기 전에 좀 더 참을 걸!' 이라는 생각이랍니다.

그럼 일등, 이등, 삼등 빼놓고 나머지 4천 9백 만 명이
넘는 대한민국 국민은 몽땅 인생 실패자란 말이냐?

지금 공부 못한다고
실패한 어른이 되나요?

“민식아!”

“현호야!”

문방구 앞에서 우연히 만난 두 친구는 서로 할 말이 많은 표정이었다.

“민식아, 학원 가는 거야? 참, 얘기 들었어?”

“그 얘기 말하는 거지?”

두 친구는 무슨 비밀 암호를 주고받는 듯 하더니, 문방구 앞에 놓인 긴 나무 의자에 나란히 앉았다. 문방구는 아이들로 북적였다.

“현호야, 6학년 1반 형이 정말 그랬대? 나는 그 형이 베란다에서 소리 질렀다는 얘기까지만 들었어.”

“그래? 우리 엄마랑 너희 엄마랑 하는 얘기 들었는데…….”

현호는 자못 심각한 얼굴로 이야기를 했다.

“우리 옆집에 사는 그 6학년 형은 비싼 과외를 1학년 때부터 했대. 그동안 과외 한 돈만 모아도 빌딩을 열 채는 살 수 있을 정도래. 그런데 성적은 점점 떨어져서 4학년 때까지는 반에서 10등 안에 들었는데, 5학년 때에는 15등 안에, 지금은 20등을 넘어간대. 그래서 그 형 엄마가 텔레비전도 없애고, 컴퓨터도 버리고, 게임기랑 휴대폰도 부숴 버렸대. 친구는 반에서 5등 안에 드는 애만 사귀게 한대. 나도 그 형 얼굴 못 본지 오래 됐어.”

“으으으…… 숨 막혀! 무서워!”

민식이는 두 팔을 제 앞가슴에 꽈악 모으고는 진저리를 쳤다.

“그래서 그 형이 베란다 문을 열고 스케치북에 글을

써서 시위를 한 거래. 스케치북을 한 장 한 장 넘기면
서 목이 터져라 외쳤대. 어른들이 시위하는 것처럼 말
이야."

"그게 무슨 내용인데?"

민식이의 눈이 동그래졌다.

"대강 이런 말이래. 지금 우리나라에서 잘 나가는
사람들을 보라! 그 사람들이 모두 학교에서 일, 이등
한 사람들이냐? 지금 공부 못 하면 인생 실패자가 되

냐? 그럼 일등, 이등, 삼등 빼놓고 나머지 4천 9백 만 명이 넘는 대한민국 국민은 몽땅 인생 실패자란 말이냐? 나는 공부보다 내가 하고 싶은 대로 살고 싶다! 뭐 이런 내용이었대."

'와, 그 형 똑똑하다. 어떻게 그런 생각을 하지?'

민식이는 두 팔을 풀며 말했다.

"그렇지? 나도 그렇게 생각해! 일, 이등만 최고면 나머지 우리나라 사람들은 다 멍청이, 바보란 말이야? 그럼 우리 엄마 아빠랑, 너희 엄마 아빠랑 학교 선생님들이랑 교장, 교감 선생님도 몽땅 인생 실패자야? 정말 그 형은 바보가 아니라 천재인 것 같아!"

"맞아!"

두 친구가 고개를 끄덕이는데, 문방구 주인 아저씨가 밖으로 나오더니 현호 옆에 털썩 앉았다. 두 친구는 놀랐다. 늘 아이들에게 맑은 얼굴을 보이는 아저씨인데……

"너희들은 오늘 학원 안 가니?"

"지금 갈, 갈 거예요."

두 친구는 괜스레 말을 더듬었다. 그만큼 아저씨의 얼굴이 우울해 보였다.

"너희들은 학생일 때 공부 잘 해라. 우리 딸이 지금 초등학생이라면 얼마나 좋을까?"

"네? 왜요? 지금 그 누나는 장학생으로 미국에 유학 갔다고 했잖아요?"

현호가 물었다. 아저씨가 늘 자랑을 했었다.

"장학생은 무슨…… 공부 못 하니까 간 거지. 매달 돈이 얼마나 들어가는데. 그러니까 공부 잘하는 게 돈 버는 거고, 저축하는 거나 마찬가지야. 에구, 내가 왜 이런 얘길 하나……."

그때 아저씨의 주머니에서 휴대폰 벨소리가 울렸다. 아저씨는 벌떡 일어나더니 급히 가게 안으로 들어갔다.

“네, 네⋯⋯. 곧 갚을게요⋯⋯.”

두 친구는 절절매는 아저씨의 목소리를 들을 수 있었다. 그리고 약속한 것처럼 긴 한숨을 내쉬었다.

“공부 잘하는 것도 중요하고, 그 형처럼 내가 하고 싶은 대로 사는 것도 중요하고⋯⋯ 정말 어렵다⋯⋯.”

현호는 머리를 긁적이며 말했다.

“그런데 공부 못하면 인생 실패자가 된다고 사전에 나와 있어? 통계 자료 있어?

“어? 벌써 시간됐다. 현호야, 학원 늦겠다!”

“알았어⋯⋯.”

두 친구는 우울한 얼굴로 나란히 걸었다.

이 학생은 학생답게, 엄마는 엄마답게, 아빠는 아빠답게 살아야 하는 것이 중요하다. 만약 아빠가 '내가 하고 싶은 대로 살아야겠다!'면서 집을 나가면 어찌하랴? 누구나 우선은 자기의 지금 위치에 충실해야 한다.

02 영국 미들색스대학 객원교수인 존 프리먼은 영재들을 추적한 결과 상당수가 어른이 된 뒤에는 어릴 적 재능을 보여 주지 못하는 것으로 나타났다고 말했다. 인간은 로봇이 아니기에 아이들의 앞길을 어른들 맘대로 정할 수 없다는 것이 그의 지적이다.
미국 뉴욕의 한 초등학교 출신들 가운데 IQ가 아주 높았던 사람들을 추적한 연구에서도, IQ와 어른이 된 이후의 성공에는 아무런 연관성이 없는 것으로 나타났다.

03 '천재는 노력하는 사람을 이길 수 없고, 노력하는 사람은 자기의 일을 즐겁게 하는 사람을 이길 수 없다.' 즉, 나의 밝은 미래를 상상하며 '지금' 즐거운 마음으로 공부하는 것이 진정한 성공의 시작이다.

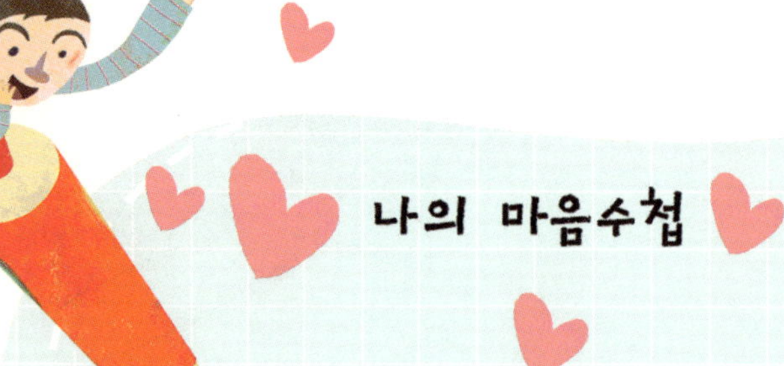

- 내가 지금 가장 잘 하는 것을 3가지 이상 적어 보아요.

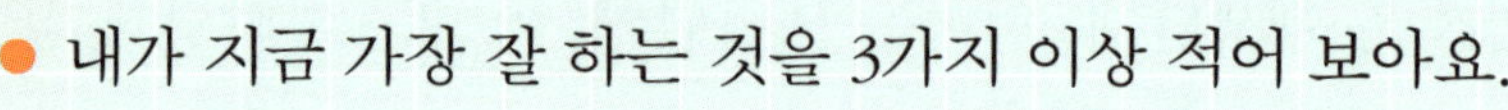

- 이번에는 내가 잘 하지 못하는 것을 3가지 적어 보세요.

- 마지막으로, 앞으로 정말 잘하고 싶은 것을 3가지 적어 보세요. 그런 다음, 각각 그 분야마다 뛰어난 업적을 보인 사람을 찾아보아요.

____

____

____

- 이것을 엄마와 아빠, 또는 형제들이나 친구들과도 해 보세요. 사람의 아이큐 점수나 어릴 적 성적은 한 사람의 인생에 별로 많은 영향을 미치지 않는다는 것을 알게 된답니다. 그러면 여러분의 학교 생활이 좀 더 편해질 거예요.

이러다가 나중에 어른이 되면 여자애들이 사회를 지배하고,
남자 애들은 몽땅 노예나 하인이 되는 건 아닐까?

여자와 남자는
나쁜 경쟁자가 아니야!

"현호야!"

국어 시간 시작종이 울리는데, 뒷자리에 앉은 민식이가 불렀다.

"왜?"

수업 준비를 하던 현호는 고개를 돌리며 물었다.

"오늘 동시 발표하는 거 어떡할 거야?"

"어떡하긴, 해야지."

그때, 현호의 짝꿍인 지영이가 끼어들었다.

"별 걱정을 다하네. 발표하는 게 뭐 어렵니? 선생님이 시키면 말하면 되고, 안 시키면 가만있으면 되잖아. 여하튼 남자애들은 이상해. 그러면서 왜 그렇게

싸움은 잘한대?"

"이지영! 우리가 언제 싸웠어? 너는 텔레비전을 너무 많이 봐서 큰일이야! 드라마 내용이랑 헷갈리지 마."

"흥! 여자애들이 한 번 싸울 때, 남자애들은 열 번은 싸우잖아?"

"언제 남자애들이 그랬냐? 증거 있어? 증거 있냐고? 그리고 남자애들이 무슨 깡패야?"

"흥! 증거는 없지만……."

다행히 선생님이 들어오셔서, 두 아이의 말씨름은 끝이 났다.

"오늘은 봄에 대한 동시를 암송하는 거 알죠?"

"네!"

"어. 이상하네? 여학생들 목소리가 더 크게 들리는 것 같네?"

선생님의 말에 여학생들이 웃음을 터뜨렸다.

"선생님! 남자애들은 발표하는 게 무서운가 봐요!

발표 시간만 되면 남자애들은 벙어리가 돼요."

지영이의 말에 여학생들은 또 웃었다. 두 번째 웃음소리는 앞선 것보다 더 컸다.

"지영아, 남학생들 기죽이지 마라. 너희 아빠도 남자고, 나의 사랑하는 남편도 남자란다. 또, 나중에 네가 사랑해서 연애하고 결혼할 사람도 남자야."

선생님의 말에 이번에는 남학생들도 웃었다.

"그럼…… 이선미부터 발표할래? 나와서 해라."

"네!"

선미는 주저 없이 교탁 옆으로 나갔다.

"윤동주 님의 봄이란 동시를 외웠습니다. 흠, 흠……."

선미는 손으로 입을 가리고 헛기침을 하고는 눈을 감고 천천히 동시를 외웠다.

"우래 애기는 아래 발치에서 코올코올, 고양이는 부뚜막에서 가릉가릉, 애기 바람이 나뭇가지에서 소올소올, 아저씨 해님이 하늘 한가운데 째앵째앵."

선생님과 아이들은 박수를 쳤다. 현호는 놀랐다.

'휴우. 어떻게 단 한번도 안 막히고 다 외우지?'

민식이도 박수를 치면서 고개를 흔들었다.

'정말 여자애들은 뭐든 잘 하는 것 같아.'

두 번째 순서는 민호였다.

"민호는 어떤 동시를 외웠니? 멋지게 외워볼래?"

선생님의 말에 민호는 무슨 일인지 우는 시늉을 했
다. 선생님이 몇 번이나 '민호야, 겁내지 말고 어서
해. 끝까지 다 못 해도 괜찮아.'라고 말한 뒤에야, 겨
우 입을 열었다.

"제목, 봄. 지은이, 오수경."

민호의 말에 아이들은 '와…… 연구 많이 했네. 처음 들어보는 시인 이름이야. 어떤 동시일까?'하며 기대했다.

민호도 지영이처럼 헛기침을 하고는 암송을 시작했다.

"엄마 엄마 이리 와 요것 보셔요, 병아리 떼 뽕뽕뽕뽕 놀고 간 뒤에 미나리 파란 싹이 돋아났어요, 미나리 파란 싹이 돋아났어요."

순간, 여기저기서 히히…… 하더니 마침내 우하하…… 하는 폭소가 터졌다.

현호도 손바닥으로 책상을 두드리며 웃었다. 그러다 뚝! 하고 멈추었다.

'왜 여자애들은 발표 같은 걸 잘할까? 어저께 수학 시간에도 선생님이 질문했을 때 여자애들은 발표 잘해서 칭찬 받았잖아? 여자애들은 모두 적극적인 성격

인가? 왜 그럴까? 이러다가 나중에 어른이 되면 여자

애들이 사회를 지배하고, 남자애들은 몽땅 노예나 하

인이 되는 건 아닐까?'

이 영국 브리스톨대학교의 스티븐 프라우드 교수팀의 보고서에 따르면, 초등학교 교실에서 남학생끼리만 모아두면 여학생이 섞여 있을 때보다 공부를 더 잘한다는 연구 결과가 나왔다. 또, 교실에서 여학생의 비율이 높아질수록 남학생의 학업 성취도가 떨어졌는데, 그 이유는 여학생들이 일반적으로 또래의 남학생들에 비해 언어 능력이 앞서기 때문에 수업 시간에 손을 들거나 자기 의사 표시를 잘해서라고 한다. 그러나 대학생 정도 되면 이런 남녀의 차이가 없어진다고 한다.

02 '남학생들은 일반적으로 손을 들고 발표했다가 혹시 무시당하지 않을까 하는 두려움을 갖고 있다.'고 학교 선생님들은 종종 말한다.

03 여학생들은 남학생들의 부족한 점을 이해해 주고, 남학생들은 여학생들의 약한 점을 이해하면서 지낼 때에 좋은 친구가 될 수 있다. 남자와 여자라는 이유만으로 무조건 경쟁하는 것은 옳지 않다.

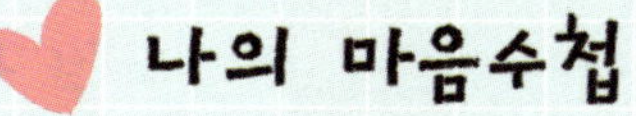

나의 마음수첩

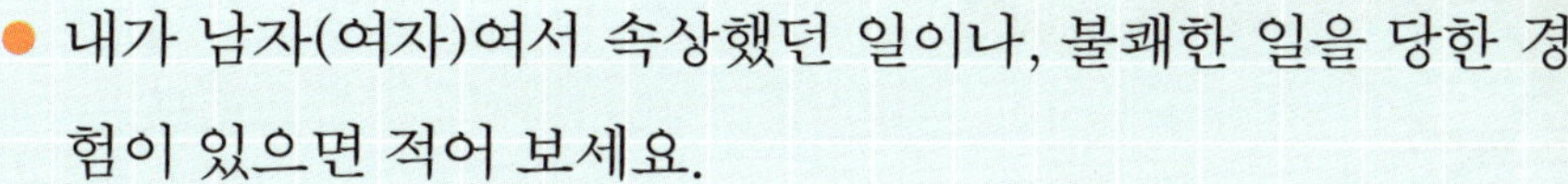

- 내가 남자(여자)여서 속상했던 일이나, 불쾌한 일을 당한 경험이 있으면 적어 보세요.

____

____

- 옛날과 지금을 비교해 볼 때 여자(남자)에게 더 유리하게 변한 점이 무엇인지 3개 이상 적어 보세요.

____

____

- 엄마가 만약 남자라면(만약 아빠가 여자라면) 집안과 회사에서 어떻게 일했을지 상상해 봅시다.

____

____

그 부모가 어렸을 때부터 자식을 너무 심하게 간섭하고,
야단을 쳤대. 그래서 스트레스 받아서 그런 거래.

여섯

마음이 상처받으면
몸도 아프대요

학원에서 돌아오는데, 아파트 경비실 앞에 아주머니들이 모여 있었다. 경비 아저씨는 마치 기자회견을 하듯 아주머니들 앞에 서서 무언가 이야기를 했다.

"무슨 일이지?"

현호는 분홍 바지를 입은 아주머니 옆에 바짝 붙어서서 경비 아저씨를 쳐다보았다.

"그래서, 그 학생이 병원에 실려 간 거에요. 어휴, 내가 119를 빨리 불러서 다행이었죠."

아저씨의 말에 아주머니들은 '수고하셨어요.' '천만다행이에요.' '그나저나 그 학생은 별일 없겠죠?' 하며 말했다.

‘그 학생은 누굴까? 왜 119에 실려 갔지?’

하지만 현호는 아저씨에게 물을 수 없었다. 아주머니들이 계속 한마디씩 하는 바람에 현호가 끼어들 틈이 없었다.

현호는 집에 들어오자마자 민식이에게 전화했다.

“민식아! 난데…….”

현호는 민식이에게 조금 전 보고 들은 이야기를 한 다음 물었다.

“민식아, 무슨 일인지 알아?”

“몰라. 우리 엄마가 집에 있으면 물어볼 텐데. 이따가 내가 알아내면 전화해 줄게.”

“그래!”

그러나 현호의 마음은 궁금증으로 들썩 들썩거렸다. 숙제도 되지 않았다. 할 수 없이 텔레비전 만화 영화를 멍한 얼굴로 보았다.

얼마나 시간이 지났을까? 만화 영화가 끝나고 광고

를 시작하는데, 엄마가 왔다.

"엄마!"

현호는 마치 엄마를 잃어버렸다가 다시 만난 아이처럼 소리를 질렀다.

"아이고, 깜짝이야! 왜 그래? 무슨 일 있어?"

엄마는 두 눈을 크게 뜨며 현호의 얼굴을 살폈다.

"그게 아니고요…… 아까 경비 아저씨랑 아줌마들이 얘기하는데……"

거실 소파에 엄마와 마주 앉은 현호는 단숨에 애기를 마쳤다.

"아, 그 고등학생 얘기구나."

엄마는 아무렇지 않게 말했다.

'이상하네? 119까지 왔으면 무슨 큰 사고가 난 거 아닌가?'

현호는 고개를 갸웃했다.

"우리 옆 동에 사는 고등학교 2학년 여학생이 있는

데, 거식증에 걸
렸대. 그런 상태
로 그냥 지냈는데
이번에 극심한 영
양실조로 쓰러진 거
야. 거의 죽을 뻔 했대."

"거식증이 뭔데요?"

"그건, 최현호 너는 죽을 때까지 걸릴 수 없는 병이
지."

엄마는 빙긋 웃으며 말했다.

"무슨 병인데요? 불치병이에요?"

"간단하게 말하면, 거식증은 음식을 안 먹는 병이
야. 그러니까 너는 절대로 걸릴 수 없는 병이지."

"엄마는!"

현호는 머리를 긁적였다. 엄마는 현호를 '걸어 다
니는 냉장고'라고 부르기도 한다. 현호가 냉장고 안

에 있는 모든 음식을 다 먹고, 냉장고에 없는 음식은 몽땅 현호 뱃속에 있다고!

"그런데 왜 그런 병에 걸렸대요?"

"그 부모가 어렸을 때부터 자식을 너무 심하게 간섭하고, 야단을 쳤대. 그래서 스트레스 받아서 그런 거래."

"와……."

현호는 놀랐다. 얼마나 심하게 야단을 맞고 살아서 밥도 못 먹고 영양실조로 쓰러질까?

"그 누나가 너무 불쌍해요."

현호는 그 고등학생 누나가 자기 누나라도 되는 듯 마음이 아팠다.

"그러니까 현호, 너는 부모 잘 만난 줄 알아야 돼."

"왜요?"

"나랑 아빠는 너를 그렇게 들들 볶지 않잖아?"

"치이…… 오히려 엄마랑 아빠가 아들 잘 둔 걸로

생각해야죠.”

“아니, 그게 무슨 말이야?”

“엄마가 뭐라고 하기 전에 내가 알아서 잘 하니까,
엄마가 야단칠 일이 없는 거지요.”

“어이구, 정말 말은 잘 하네. 그래, 고맙다. 너 같은
아들이 내 아들이라서!”

현호는 헤헤 웃으며, 엄마 품에 달려들었다.

01 건강한 마음이 건강한 몸을 만든다. 또한 건강한 몸이 건강한 마음을 만든다. 이것은 어느 것이 먼저냐가 중요하지 않다. 왜냐하면 둘 다 소중하고, 귀하므로.

02 어릴 적 상처가 크거나 사랑을 제대로 주고받지 못하면 '폭식증'이나 '거식증'이 잘 생긴다고 한다. 미국 뉴욕의 시러큐스대학 연구팀이 《국제 식장애 저널》에 발표한 18~19세 연령의 209명의 대학생들을 대상으로 한 연구 결과에 의하면 마음의 상처를 많이 받거나 지나친 억압 속에 자란 학생들이 밥을 자주 거르거나 너무 빨리 먹거나, 폭식을 하는 등의 나쁜 식습관을 가질 위험이 크다고 했다.

03 그렇다면 어떻게 해야 마음을 건강하게 키울 수 있을까? 최선의 방법은 사랑의 나눔이다. 부모 자식 사이에, 친구 사이에 서로 이해해 주고, 도와주고, 안아 줄 때에 우리의 마음은 건강해지고 몸은 더욱 씩씩해질 것이다.

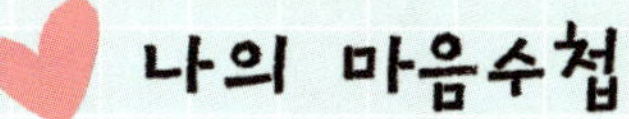

나의 마음수첩

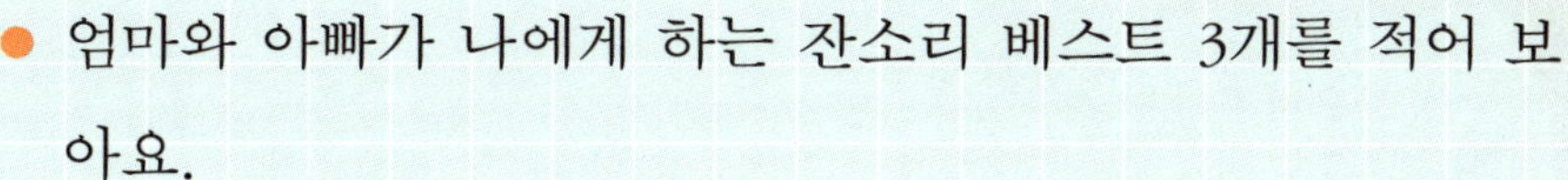

- 엄마와 아빠가 나에게 하는 잔소리 베스트 3개를 적어 보아요.

____

____

- 내가 엄마(아빠)가 되면 내 아이에게 절대로 하지 않을 잔소리는 무엇일까요? 또, 내 아이에게 자주 해 주고 싶은 말은 무엇인가요?

____

____

- 아빠(엄마)에게 가장 듣고 싶은 말 베스트 3를 적어 보세요.

____

____

아이들이 한마디씩 했다.
"어휴, 저 고자질쟁이!"
"쟤는 고자질하는 재미로 사는 것 같아!"

선생님한테 일러바치기 전에 한 번만 생각해 봐

학교로 가는 현호는 발걸음이 가벼웠다.

숙제도 다 했고, 준비물도 빠진 게 없다. 또, 오늘은 현호가 발표하는 날인데 완벽하게 연습했다. 이것뿐만이 아니다. 엄마가 다음 달부터 용돈을 천 원 더 올려 준다고 약속했다.

'만날 오늘처럼 신나는 일만 있으면 좋겠다!'

현호는 저도 모르게 엉덩이를 실룩실룩 움직이며 걸었다.

현호는 열린 교실문을 마치 개선문처럼 통과했다.

"현호야, 준비 잘 했어?"

자리에 앉자마자 지영이가 물었다.

"그럼!"

현호는 두 손으로 두 개의 브이 자를 그려 보이며 싱글거렸다. 선생님은 하루에 한 명씩 각 나라의 전래동화를 준비해서 구연동화발표를 하자고 했었다.

"우리 반은 모두 35명이니까 35편의 세계 전래동화를 알게 되는 겁니다. 우리는 이렇게 아침마다 구연동화를 한 다음에 수업을 시작할 겁니다."

처음에 아이들은 '너무 힘들 것 같아요.' '유치원 애들도 아닌데 구연동화는 너무 유치해요.' 하며 입을 내밀었었다.

하지만 일주일 정도 지나니, 아이들은 이 시간을 기다리게 되었다. 우선 재미있어서 였다.

현호는 오늘 이스라엘의 전래동화를 준비했다.

'어떤 부자가 있었다. 그는 자기 집 정원만 예쁘게 가꾸려는 욕심에 가득 찼다. 그래서 날마다 자신의 정원에 있는 돌멩이들을 담장 밖으로 던져 버렸다.

사람들이 말려도, 불평해도, 힘들어해도 버렸다. 그리고 세상에서 제일 멋진 정원을 만들었다. 그런데…….'

현호는 마음속으로 다시 한 번 전래동화의 내용을 생각했다.

그때였다.

현호의 등 뒤에서 시끄러운 소리가 들렸다. 돌아보니 규형이와 종태가 다투고 있었다. 종태는 비식비식 웃고 있고, 규형이의 얼굴은 시뻘겋게 달아올라 있었다.

종태 : 내가 선생님한테 다 이를 거야!

규형 : 하지 마!

종태 : 내 맘이야!

규형 : 으이씨, 왜 내 일에 상관하는 거야?

종태 : 내 맘이야!

규형 : 하지 말랬지!

종태 : 히히,

할 거다. 메롱!

현호는 궁금증

을 참기 힘들었다.

규형이한테 가려고 자리에서

일어났다. 그 순간 선생님이 들어

왔고, 종태가 쪼르르 교탁 앞으로 뛰어나갔다.

아이들이 한마디씩 했다.

"어휴, 저 고자질쟁이!"

"쟤는 고자질하는 재미로 사는 것 같아!"

"고자질하는 것도 불치병이야!"

규형이는 책상에 엎드려 얼굴을 두 팔 속에 파묻었다.

선생님이 물었다.

"천종태, 무슨 일이니?"

종태는 선생님께 무언가 말했다.

현호는 고개를 돌려 규형이의 짝꿍인 현주에게 소

리 내지 않고 입모양으로 물었다.

'현주야, 왜 그래?'

현주도 입 모양으로 천천히 대답했다.

'문방구, 외상값, 때문에, 아침에, 주인, 아저씨한
테, 혼났대.'

현호는 고개를 끄덕이고는 다시 바로 앉았다.

현호는 알고 있다.

형편이 어려운 규형이네는 부모님 모두 몸이 아파
일을 제대로 못해서 동네 슈퍼, 문방구, 약국 등에 외
상값이 많다고 한다. 그런데 오늘 아침에 결국 문방
구 아저씨한테 한 소리 들은 모양이다.

아이들은 선생님과 규형이, 종태를 번갈아 보았
다. '이제 무슨 일이 일어나는 걸까?' 하는 표
정이었다. 현호도 마음이 조마조마했다.

01 **고자질 :** 남의 잘못이나 비밀을 일러바치는 짓.

02 제주도에서는 고자질을 일삼는 사람을 '추격쟁이'라고
하여 경멸한다.

03 코로니스는 그리스신화에 나오는 오르코메노스의 왕 플
레기아스의 딸로 '까마귀'라는 뜻이다. 아폴론은 코로니
스를 사랑하였으나, 인간과 함께 살 수 없으므로 흰 까마
귀를 보내어 감시하게 했다. 어느 날 흰 까마귀가 아폴론
에게 코로니스가 한 남자와 사랑한다고 고자질했다. 분
노한 아폴론은 활을 쏘아 코로니스를 죽였지만, 곧 후회
하며 슬퍼하다가 고자질한 까마귀의 흰털을 새카맣게
만들어 버렸다.

04 바람의 신 아이올로스의 아들인 시지포스는 인간 중에
서 가장 현명하고 신중한 사람이었다. 그런데 제우스가
나쁜 짓 하는 것을 꼬치꼬치 알린 죄로 바위를 산으로
밀어 올리는 힘든 일을 영원히 해야 하는 벌을 받았다.

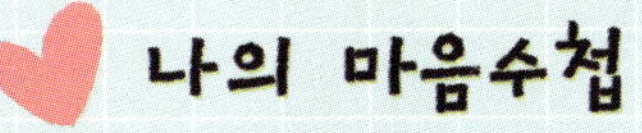

- '신고한다'와 '고자질한다' 그리고 '일러바친다'의 다른 점이 무언지 알아보아요.

- 형제나 친구들의 고자질이나 일러바치는 것 때문에 창피당한 적이 있나요?

- 나의 고자질 때문에 울거나 속상해한 친구들이 있나요? 그 친구와 지금은 어떻게 지내나요?

됐어! 너는 새 친구 생겼잖아! 인용이는 의젓하고 착하다며? 그럼 나는 촐랑거리고 착하지 않은 애라는 거야?

강아지도 질투하는데, 나는 안 할 것 같아?

"현호야, 요즘 민식이가 놀러 오지 않는 것 같은데,
너희들 싸웠니?"

엄마의 물음에 현호는 머리를 긁적였다.

"그게 아니라……."

"둘이서 백년 만년 사귈 것 것처럼 그러더니……
싸웠어?"

엄마는 다시 한 번 물었다.

"싸운 게 아니고요……."

현호는 천천히 이야기를 시작했다.

♥ 내가 5반인 인용이랑 친구가 됐거든요. 인용이
는 부산에서 전학왔는데 나랑 같은 학원의 같은 반인

거예요. 그런데 하루는 인용이가 나한테 뭘 물어봐서 가르쳐 줬는데, 그러다가 친구가 됐어요. 인용이는 할머니랑 할아버지랑 같이 살아서 그런지 참 어른스럽더라고요.

내가 민식이한테 인용이 얘기를 여러 번 했어요.

'인용이는 참 착하다.' '인용이는 의젓해.' '인용이는 친구가 아니라 형같아.'

그랬더니 민식이가 화를 내는 거예요.

'현호 너, 변심했어! 나보다 인용이가 더 좋지?' 하면서요.

어휴, 너무 화가 나서 내가 막 소리 질렀어요.

'나 하나도 안 변했거든! 나는 인용이도 좋고, 너도 좋아!'

하지만 민식이가 또 화를 내는 거예요.

'거짓말! 나보다 인용이가 좋으니까 인용이 이름을 먼저 말한 거 아냐?'

그날부터 민식이가 우리 집에 안 와요. 나도 민식이네 집에 안 가고요. 내 마음은 하나도 안 변했는데…….

"그런데 엄마. 남자 친구끼리도 질투해요? 나는 애인 사이인 사람들만 질투하는 줄 알았어요."

현호의 말에 엄마는 크게 웃었다.

"정말 재밌구나. 그러고 보니 엄마 어렸을 적 생각이 나네."

"엄마도 그런 적 있었어요?"

"그럼! 너와 거의 9십 9퍼센트 비슷한 얘기야."

엄마는 지금의 초등학교인 국민학교 다닐 적 이야기를 들려주었다.

♥ 엄마가 국민학교 6학년 때였어. 엄마랑 제일 친

한 두 명의 친구가 있었지.

너도 알지? 마포에 사는 소라 엄마랑 대전에 사는 연정이 엄마. 우리는 학교에서도 다 알아주는 삼총사였지.

그런데 어느 날, 두 친구가 나만 빼고 만화 가게에서 나오는 거야. 나는 화를 내며 따졌지.

'어쩌면 너희 둘만 만화를 보고 다니니?'

두 친구가 오해하지 말라고 하면서 나를 달랬어.

'만화를 본 게 아니야. 우리 엄마가 만화 가게 주인 아줌마한테 심부름 시켜서 다녀가는 길이야.'

진숙이, 그러니까 연정이 엄마가 말했지만, 이미 잔뜩 토라진 나는 마음을 풀지 않았지. 그리고 그렇게 두 친구와 말없이 지내다가 가을 소풍 때 다시 친해진 거란다.

지금 생각하면 유치한 행동이었지만, 그만큼 친구를 좋아했다는 말이기도 하지.

"어쨌든, 내일 학교 가면 네가 먼저 민식이한테 말을 걸어 봐라. 현호야, 알았지?"

다음 날 현호는 학교에 오자마자 엄마가 가방에 넣어 준 초콜릿을 민식이에게 주었다.
"민식아, 그만 마음 풀어. 우린 친구잖아."
"됐어! 너는 새 친구 생겼잖아! 인용이는 의젓하고 착하다며? 그럼 나는 촐랑거리고 착하지 않은 애라는 거야?"
"아냐! 너는 너고, 인용이는 인용이지. 민식아 우리가 친구 한 지 몇 년 째냐? 유치원 때부터니까……."
현호는 손가락을 하나하나 꼽았다. 그러자 민식이가 소리를 빽 질렀다.
"7년이야! 7년! 그것도 몰라서 세어 보는 거야? 그러면서 무슨 친구라는 거야?"

나만 봐!

益者三友(익자삼우) : 사귀어 이롭고 보탬이 되는 세 친구를 말하는데, 정직한 사람, 신의 있는 사람, 학식 있는 사람을 가리킨다.

02 인디언 말로 개는 '하나님이 인간에게 보낸 친구' 라는 뜻이 있다고 한다.

03 영국 과학자들의 연구 발표에 따르면, 개들은 질투와 자신감, 당혹감, 죄책감, 동정심 등 인간의 전유물로만 여겨졌던 '섬세한 감정'을 느끼는 것으로 나타났다고 한다. 또, 개들은 주인이 다른 대상에게 애정을 주는 것을 싫어해 애인이나 아이를 집으로 데려올 경우 심하게 짖거나 구슬프게 우는 등 강한 경계심과 반감을 나타낸다.

04 다른 사람에 대한 사랑이나 연민, 동정심, 존경이나 미움, 경멸, 증오, 질투심 등이야말로 인간을 인간답게 하는 감정이라고 할 수 있다. 그러므로 인간이라면 질투심도 당연히 생길 수 있는 것이다.

나의 마음수첩

- 이 세상에서 내 마음을 가장 잘 알아주는 사람은 누구인가요?

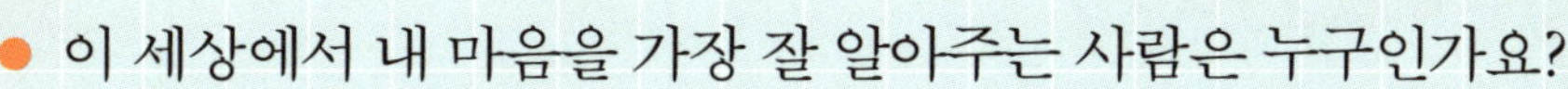

- 내게 능력이 있으면 아무 조건 없이 도와주고 싶은 사람은 누구인가요?

- 외모나 성격, 성적 등에서 나는 누구를 경쟁 상대로 생각하나요?

담임 선생님과 수미 라는 사람의 이야기를 엿듣기
위해서는 아니었는데, 자꾸 두 귀가 팔랑개비처럼
그 쪽으로 돌아갔다.

성적을 올리고 싶다고?
그럼 선생님과 친해져!

월요일 저녁, 현호는 이모와 희진이 누나와 함께 스파게티 집으로 갔다. 직장에 다니는 이모는 아무리 바빠도 한 달에 한 번씩 두 조카와 식사를 한다.

"이모, 나는 달콤한 까르보나라 스파게티!"

현호는 오른손을 번쩍 들고 크게 말했다.

"이모, 나는 매콤한 토마토소스 스파게티!"

희진이는 얼른 현호의 손을 잡아 내리며, 작게 말했다.

"역시 희진이는 예의소녀야. 그럼 나는 조개를 넣은 개운한 봉골레 스파게티!"

현호와 희진이는 이모와 도란도란 이야기를 나누

며 맛있게 식사를 시작했다. 그런데…….

"노연경 선생님, 여기에요!"

현호의 바로 등 뒤에서 들리는 누군가의 목소리.

"수미야, 너 예뻐졌구나."

현호는 깜짝 놀랐다.

'노연경 선생님? 그럼 우리 담임 선생님인데?'

현호는 뒤돌아 보지 않았지만 저절로 두 귀가 크게 열렸다. 담임 선생님과 수미라는 사람의 이야기를 엿듣기 위해서는 아니었는데, 자꾸 두 귀가 팔랑개비처럼 그쪽으로 돌아갔다.

현호는 바빴다. 입으로는 스파게티를 냠냠. 두 귀는 담임 선생님의 목소리를 솔솔. 두 눈은 이모와 희진이 누나를 보며 반짝반짝.

노연경 선생님 : 수미야, 네가 나처럼 선생님의 길을 걸으니 참 신기하고 대견하구나.

　수미(옛 제자) : 저는 선생님께 배우면서 나도 좋은 선생님이 되어야지 하고 꿈을 꾸었거든요.

　선생님 : 그래, 반 아이들과는 잘 지내니? 6학년들이라서 어른 같지?

　수미 : 네. 그런데 걱정이 있어요.

　선생님 : 무슨 일인데?

　수미 : 우리 반에 공부 잘하는 봉실이란 여학생이 있는데, 지난달부터 무슨 일인지 사사건건 대들어요. 그리고 숙제도 잘 하지 않고, 성적도 떨어지고요. 처음에는 사춘기라서 그런가 했는데…… 그것도 아니더라고요.

　선생님 : 혹시 봉실이란 학생이 너한테 야단맞은 적 있니?

　수미 : 네. 화장을 하고 학교에 와서 제가 심하게 야단친 적 있어요. 초등학생이 무슨 화장이냐고 그랬더니 절 보고 촌스럽다고 하면서 오히려 화를 냈어요.

선생님 : (웃으며)
야단치기 전에 화장
해서 예쁘다고 해
준 다음에, 며칠
있다가 부드럽게
충고하면 좋았을

걸. 아이들이건 어른이건 그 자리에서 바로 지적당하
면 마음의 상처를 받아.

수미 : 어떡하죠?

선생님 : 학생에게 중요한 것은 선생님과의 관계
야. 친구들과 사이좋게 지내는 것만큼이나 중요하지.
그러니까…….

그때였다.

"현호야, 후식은 뭐 할래? 아이스크림? 아니면 과일
샤베트?"

이모의 말에 등 뒤로 돌려졌던 현호의 두 귀가 앞으로 사악 오므려지는 듯했다.

"이모, 나는 과일 샤베트!"

"나도 누나랑 같은 거요."

01 뉴질랜드 교육 전문가인 오클랜드대학의 존 해티 교수는 15년에 걸쳐 전 세계 8,300만 명의 학생을 대상으로 실시한 조사자료 분석을 통해, 학생 성적에 가장 큰 영향을 주는 것은 학생과 교사 사이의 상호 작용이라고 밝혔다. 반의 크기나, 사립이냐 공립이냐 하는 문제, 급식상태 등도 중요하지만 학생과 교사 사이에 오가는 상호 작용을 활발하게 만들거나 상호 신뢰의 분위기를 조성하는 것과는 비교도 할 수 없다고 말했다.

02 **상호 작용 :** 서로 영향을 주고받는 일. 사람과 물건, 사람과 동물에서도 일어날 수 있다. 특히 사람과 사람 사이에서 상호 작용이 잘되면 행복감을 느낄 수 있고, 공부나 일의 성취도가 훨씬 높아진다.

03 2010 수능에서 제주 지역이 전국 최고의 성적을 차지했다. 제주특별자치도 교육감은 이런 성과를 올린 것은 헌신적으로 지도한 선생님들과 잘 따라 준 학생들 모두의 노력 덕분이라고 말했다.

나의 마음수첩

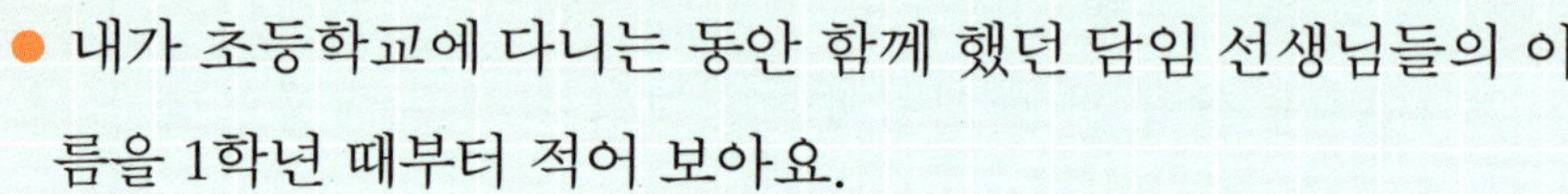

● 내가 초등학교에 다니는 동안 함께 했던 담임 선생님들의 이름을 1학년 때부터 적어 보아요.

● 그 선생님들의 좋았던 점과 싫었던 점을 써 보아요.

- 나에게 좋은(나쁜) 일이 있을 때 담임 선생님께도 전화를 드리거나 문자 메시지를 보내나요?

- 내가 선생님이 된다면 반 학생들에게 어떻게 해 주고 싶고, 어떤 선생님이라는 칭찬을 듣고 싶은가요?

"편지? 현호야, 그건 너무 촌스럽잖아? 사람들은 아무리 작은 거라도 눈에 보이는 선물을 좋아할걸!"
"정말 그럴까?"

행복해지고 싶니?
그럼 연필을 들어 봐!

현호는 엄마의 간식을 참 좋아한다. 그렇다고 간식 종류가 대단한 건 아니다. 고구마 맛탕, 김밥, 비빔국수, 옥수수 버터구이, 찐 감자 샌드위치, 호박 빈대떡 등이다.

오늘도 현호는 학원 공부를 마치고 집에 오자마자 엄마의 간식선물을 받았다.

"와, 오늘은 내가 제일 좋아하는 김치 피자네!"

현호는 주방 식탁 의자에 앉자마자 엄마표 김치 피자 한 조각을 입 안에 그대로 넣었다.

"천천히 먹어."

엄마는 앞자리에 앉으며 말했다. 순간.

"으, 으, 뜨거워! 헤헤헤……."

피자를 도로 입 안에서 꺼낸 현호는 쑥 내민 혀를 후후 식혔다.

"천천히 먹으랬잖아. 쯧쯧…… 괜찮아?"

"네. 그런데 엄마한테 물어볼 거 있어요."

현호는 다시 피자 한 조각을 포크로 집어서 호호 찬 바람으로 식히며 말했다.

"뭔데?"

"엄마는 밥이나 간식 먹을 때마다 뭐라고 기도를 해요?"

"음……. 쉽게 말해서 마음의 감사 편지를 쓰는 거지."

"마음의 감사 편지요? 만날 그렇게 하면 귀찮지 않아요?"

"귀찮긴! 신기하게도 그렇게 기도하면 내 마음이 더 행복해지는 걸!"

현호는 엄마의 말에 고개를 갸웃했다.

며칠 뒤, 학교 수업을 마치고 학원으로 가던 현호와 민식이는 똑같이 말을 꺼냈다.

"어버이날이랑 스승의 날에 어떡할 거야?"

"어버이날이랑 스승의 날에 어떡할 거야?"

그러자, 두 친구는 서로의 얼굴을 보며 크게 말했다.

"찌찌뽕! 하나, 둘, 셋, 땡땡땡!"

"찌찌뽕! 하나, 둘, 셋, 땡땡땡!"

같은 말을 동시에 했을 때, 이렇게 하지 않으면 걸어가다가 넘어진다고 믿기 때문이다.

"우리 엄마랑 아빠는 어린이날에 나한테 내가 갖고 싶어하는 게임 칩을 선물해 주실 것 같은데…… 나는 돈이 없는데 어떡하지? 그리고 담임 선생님께도 무언가 선물하고 싶은데…….”

"나도 그래! 우리가 회사에 다니면 돈이 많아서 선

물도 팍팍! 할 수 있
을 텐데……."
　"차라리 어린이날
도, 어버이날도 없었
으면 좋겠다."
　"아니야! 어버이날만
없으면 좋겠어. 그러면 선물
을 받기만 하면 되잖아."
　"민식아, 너도 나중에 아빠가 될 거잖아. 그런데 어
버이날이 없으면 나중에 애들한테 선물을 주기만 하
고, 너는 못 받잖아?"
　"아하! 그렇구나! 현호, 너는 역시 똑똑해!"
　민식이는 마치 아빠처럼 현호의 어깨를 톡톡 두드
려 주었다.
　"헤헤, 뭘 이 정도 가지고. 참! 좋은 방법이 있다!"
　현호는 며칠 전 엄마의 말을 생각해 냈다.

“우리도 엄마 아빠랑 선생님께 감사 편지를 쓰자.”

“편지? 현호야, 그건 너무 촌스럽잖아? 사람들은 아무리 작은 거라도 눈에 보이는 선물을 좋아할 걸!”

“정말 그럴까?”

현호는 고개를 갸웃했다.

고맙습니다

이 감사하는 마음은 미덕 중에서 최고일 뿐 아니라, 다른 모든 미덕의 어버이다.

−마르쿠스 T. 키케로

02 미국 켄트 스테이트대학의 가족 - 소비자학과 스티븐 토퍼 박사는 고마운 사람들에게 감사 편지를 쓰는 프로그램을 진행했다. 6주 과정의 이 프로그램에 참여한 학생들은 2주에 한 통씩 '긍정적이면서도 적극적으로 진정한 감사의 마음'을 표현한 편지를 썼다.

03 결과는 놀라웠다. 감사 편지를 쓴 학생들의 행복감과 만족감은 아주 컸다. 또, 참여 학생의 75%는 계속 감사 편지를 쓰겠다고 했다. 토퍼 박사는 '솔직히 감정을 드러내는 감사 편지 쓰기가 우울증을 감소시키고, 성적 향상 등의 효과를 거둔다며, 행복해지는 가장 간단한 방법'이라면서 '삶의 질을 높이기 위해 감사라는 놀라운 자원을 적극 활용해야 한다.'고 말했다.

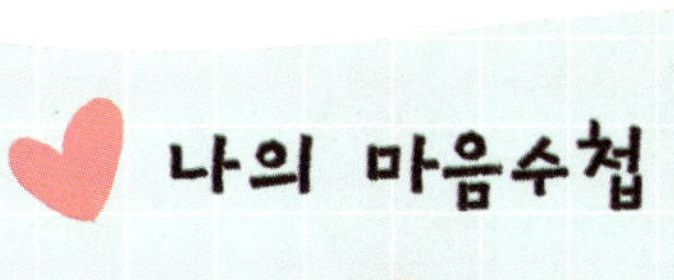

- 가끔 이메일이나 문자 메시지가 아닌 손글씨로 편지를 쓰나요?

- 앗, 누군가 나에게 손글씨 편지를 보냈어요!
  누가 보낸 편지이길 바라나요?
  또 어떤 모양의 편지지이며, 어떠한 내용이었으면 하나요?

- '감사합니다!'라고 말했어야 했는데 쑥스러워서 못 한 적이 있나요? 만약 그렇다면 감사 편지를 써서 전해드려요. 분명히 그 편지의 몇 배로 다정한 칭찬을 받을 거예요!

선생님이 현호를 안아 주었다. 그러자 현호는 아가처럼
더 크게 '으앙!' 하고 울음을 터뜨렸다.

눈물을 흘리는 건 창피한 게 아니야

“자, 이번 시간은 시사 발표인 거 알죠?”

“네!”

노연경 선생님의 말에 아이들은 즐겁게 큰소리로
대답했다.

“오늘의 주제는 뭐죠?”

“슬픔이요!”

아이들은 전혀 슬프지 않은 얼굴로 대답했다. 오히
려 들뜬 표정이었다. 4학년 3반 아이들은 이 시간을
좋아하기 때문이다.

매주 마지막 금요일의 마지막 시간은 3반만의 특별
한 시간이다. 달마다 주제를 정해, 그 주제에 맞는 뉴

110

스를 찾아 자기의 의견과 함께 발표하는 시간. 아이들은 마치 신문기자나 방송기자가 된 듯 이 시간을 기다린다. 서로 의견을 발표하겠다고 경쟁도 뜨겁다.

오늘은 이영아가 첫 번째 발표자가 되었다.

"제가 발표할 슬픈 뉴스는 천안함 사건입니다. 왜냐하면 하늘나라로 가신 46명의 군인 아저씨들 중에 한 분이⋯⋯."

영아는 잠시 말을 멈추고 창밖을 내다보았다. 교실 안은 조용해졌다. 선생님이 다가가 영아를 안아주었다. 그제서야 영아는 다음 말을 이었다.

"46명의 군인 아저씨 중 한 분이 저의 먼 친척 삼촌이시거든요. 나는 어른들이 말하는 이념이니, 정치니 하는 것은 잘 몰라요. 하지만 내가 아는 사람이 하늘나라로 간 것, 그 사실 하나만으로도 너무 슬퍼요."

영아의 말에 아이들은 서로 손을 들며 말했다.

♥ 나도 그래요. 나는 영아처럼 내가 아는 사람이 돌아가신 건 아니지만 …….

♥ 나도 너무 슬펐어요. 우리 오빠도 다음 달에 군대 가는데…….

♥ 나도 많이 많이 울었댔어요. 사람이 죽는 건 너무 슬퍼요…….

두 번째 발표는 김형수가 했다.

"우리 옆집에는 파키스탄에서 온 아저씨 세 분이 조그만 방 한 칸에 살고 있어요. 아저씨들은 가구 공장에 일하러 다니시는데, 그 중 하크라는 아저씨가 사고를 당해서 아직도 의식불명 상태입니다. 뉴스에 나오지

는 않았지만 우리 동네에서 나오는 흰돌신문에는 기사가 나왔지요. 동네에서 성금을 모았는데도 수술비가 모자란답니다. 하크 아저씨의 고향에 있는 아들이 나와 동갑이라는 말을 듣고 나는 너무 슬펐습니다.”

이번에도 아이들은 저마다의 의견을 내놓았다.

♥ 우리도 성금을 모읍시다.

♥ 우리 엄마는 화요일마다 외국인 노동자 쉼터에서 자원봉사를 해요.

♥ 우리 학교에도 외국인 학생들이 있다는 말을 들었는데 앞으로 친절하게 대해 줍시다!

세 번째 차례는 현호였다.

“나는 4월 28일 EBS 방송을 통해 가난한 어린 남매 이야기를 알게 되었습니다. 부모님이 이혼하셔서, 시골에 사는 병든 할머니와 사는 우리 또래 남매입니다. 우리나라에 이혼하거나 가난해져서 부모와 떨어져 사는 어린 아이들이 참 많다고 합니다. 그런데 방송에 나온 그 아이들은 부모님이 어디에 사는지도 모른답니다. 할머니는 병들었고요. 그런데 1학년인 여동생이 엄마가 보고 싶다고 슬프게 우니까 4학년인 오빠도 우는 걸 보고 너무 슬퍼서……."

현호는 그만 눈물을 주르르 흘리고 말았다.

선생님이 현호를 안아주었다. 그러자 현호는 아가처럼 더 크게 '으앙!'하고 울음을 터뜨렸다.

그때, 현호의 눈물을 보고 함께 눈물을 흘리는 친구도 있고, '남자가 왜 울어?'하고 흉보는 아이들도 있었다.

01 **눈물 −** 육상에 사는 척추동물의 눈알 바깥 면의 위에 있는 눈물샘에서 나는 분비액으로 98%의 물과 2% 정도의 단백질, 전해질, 당분으로 구성된다.

02 눈물은 슬프거나 기쁠 때 나오는 '정서적 눈물', 양파 껍질을 벗길 때 쏟아지는 '자극에 따른 눈물', 눈을 보호하기 위해서 조금씩 나오는 '생리적 눈물' 등이 있다. 특히 정서적 눈물은 스트레스를 받아 분비되는 카테콜라민이라는 호르몬이 섞여 몸 밖으로 배출되기 때문에 건강에 좋으며, 울고 싶을 때 실컷 울면 마음이 안정된다고 한다.

03 미국의 빌 프레이 박사는 '여자가 남자보다 오래 사는 것은 잘 울기 때문'이라고 주장했다. 사우스플로리다대학의 심리학자 조나단 로텐버그 박사의 실험에 따르면 마음껏 울고 누군가 옆에서 등을 토닥거려 주며 위로하면 기분 전환 효과가 가장 크다고 한다.

116

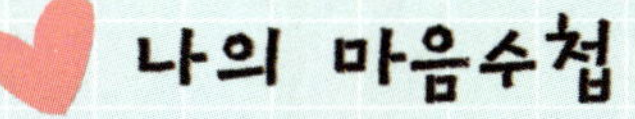

나의 마음수첩

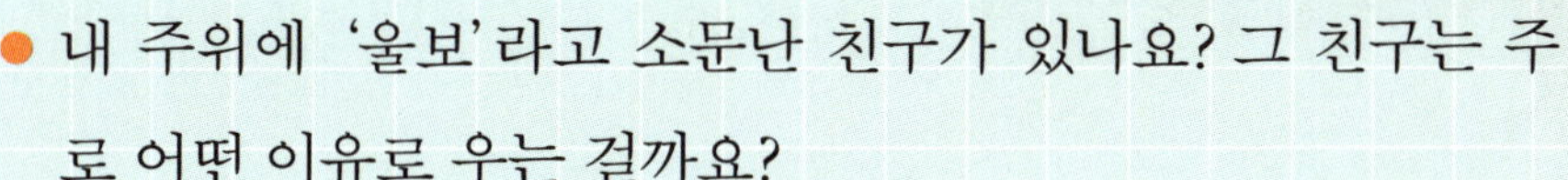

- 내 주위에 '울보'라고 소문난 친구가 있나요? 그 친구는 주로 어떤 이유로 우는 걸까요?

- 그 친구가 울 때에 나는 마음 속으로 흉을 보았나요? 손을 잡고 위로해 주었나요?

- 최근에 나는 무슨 일로, 누구 때문에, 어디서, 얼마나 오래도록 울었나요? 그때 내 옆에 누가 있었나요?

- 엄마나 아빠의 눈물을 본 적이 있나요? 아빠나 엄마는 어떤 일로 눈물을 흘리며 우실지 생각해 보아요.

일등은 더 이상 올라갈 데가 없으니까 더 겸손한 마음으로
열심히 해야 된다. 그럼, 단 1점이라도 오른 사람은…….

높은 아이큐보다 더 강력하고 좋은 비법은?

"지난주에 시험 본 결과를 발표하겠어요."

노연경 선생님의 말에 아이들은 굳은 얼굴이 되었다.

'시험과 숙제, 그리고 독후감 쓰기가 없는 곳이 천국일 거야.'라고 생각하는 아이들이기 때문이다.

"먼저 우리가 학기 초에 약속한 대로, 단 1점이라도 오른 사람을 발표하겠어요."

선생님의 말에 현호는 헛기침을 했다. 3학년 때와는 달리 4학년이 되자 공부 부담이 점점 커지기 때문이다.

"그 전에, 이번 시험 일등은 최현호! 박수 보내 주세요."

아이들의 조그마한 박수소리가 울렸다. 일등에게 진정한 축하를 해 주기에는 지금 자신들의 성적 문제로 마음이 부담감이 너무 커서일까?

현호는 안도의 숨을 내쉬었다.

'그래도 반장인데 일등 해야지 체면이 서지.' 이런 현호의 마음을 아는지 선생님께서 한마디 하셨다.

"일등은 더 이상 올라갈 데가 없으니까 더 겸손한 마음으로 열심히 해야 된다. 그럼, 단 1점이라도 오른 사람은…… 이수근, 유재석, 신봉선, 강호동…… 이번 시험에서 가장 큰 사건은 박명수다. 명수는 평균 점수가 무려 25점이나 올랐어."

순간 교실 안에는 '와, 놀라운데!' '축하! 축하!' 하는, 마음에서 진정으로 우러나온 소리가 울려 퍼졌다. 어떤 아이가 '어느 학원 다니니? 나 좀 소개해줘.'라고 농담을 해서 웃음이 일어나기도 했다.

얼굴이 발개진 명수는 두 손을 치켜들고 이리저리

흔들며 아이들에게 답례를 했다. 현호는 명수의 활짝 웃는 얼굴을 보며 생각했다.

'어떻게 갑자기 성적이 올라갔지?'

선생님 말씀이 이어졌다.

"그리고 이번 시험에서 가장 이상한 사건은 강예진이다. 예진이는 수업 끝나면 선생님 좀 만나고 가라. 알았지?"

집으로 오는 길에 현호는 민식이에게 물었다.

"민식아, 오늘은 궁금한 게 너무 많아. 예진이는 왜 그런 거니? 성적이 많이 떨어진 거야?"

"척 보면 아는 거 아니야? 예진이네 부모님이 이혼한다고 하더니 마음이 불안해서 시험도 잘 못 봤나 봐. 역시 마음이 안정돼야 시험도 잘 보는 것 같아."

"그렇구나. 그런데 박명수는 쪽집게 과외같은 거 하나?"

"아니! 명수네 너무 가난해서 학원도 못 다니잖아."

“그래? 그런데 어떻게 성적이 단번에 쑥 올라갔지?”

시험 볼 때마다 거의 일등을 하는 현호에게는 ‘언젠가, 누군가, 나보다 더 잘할지 몰라.’ 하는 불안감이 있었다. 이런 마음은 친구도, 엄마도 모른다.

“아까 우리 선생님이랑 4반 선생님이 하는 얘기 들었는데 비결은 집중력이래.”

“집중력? 설마! 그것 때문에 성적이 올라갈까? 저번에 어떤 여자애가 명수 아이큐는 두자릿수라고 말해서 명수가 울었잖아. 아이큐가 낮은데 집중만 한다고 성적이 올라갈까?”

현호는 고개를 갸웃갸웃 했다.

“그럼, 민식이 너는 아이큐가 몇이야?”

“나? 나는…… 그래도 두 자리는 아니야.”

“그럼 100이야? 겨우?”

“100은 넘어. 우씨, 너는 몇인데? 110? 130?”

“놀라지 마. 나는 100에서 500 사이야. 히히……..”

현호는 혀를 낼름거리며 웃었다.

01 **IQ(지능지수 : intelligence quotient)**

02 인간의 성취도는 IQ보다 목표에 전념하는 집중력과 의지에 달려 있다는 연구 결과가 나왔다. 캐나다의 심리학과 교수 아델 다이아몬드는 학업이나 업무 등에서 성취도를 높이는 데는 아이큐보다 실행능력이 더 중요하다고 밝혔다.

03 **실행능력 :** 결심한 목표나 계획에 맞게 생각과 행동하는 능력.

아델 다이아몬드 교수는 미국의 한 유치원에서 교실을 산만하게 만든 다음 아이들에게 한 주제를 놓고 이야기를 이어가도록 했다. 그러자 아이들은 자기 차례가 올 경우를 대비해 산만한 분위기에도 이야기에 집중했다 읽기, 말하기, 산수 등 모든 과목에서도 보통 반의 학생들보다 높은 점수를 받았다.

이것은 실행능력은 IQ와 달리 습관과 노력에 의해 향상된다는 것을 말한다.

125

나의 마음수첩

- 아이큐 때문에 친구들과 말다툼한 적이 있나요?

- 존경하는 위인들이나 롤 모델의 이름을 적어보아요. 그리고 그 분들의 일생에 아이큐가 정말 중요한 영향을 미쳤는지 살펴보아요.

- 또 좋아하는 연예인들이나 운동선수, 예술가들의 능력과 아이큐의 관계도 살펴보아요.

- 엄마와 아빠의 아이큐는 얼마인지 알고 있나요? 부모의 자녀 사랑과 아이큐가 조금이라도 관계가 있을까요? 엄마 아빠와 이야기 나누어 보아요.

____

____

- 지금 내 성적이 많이 오르지 않는다면 그 이유가 아이큐인지, 다른 원인이 있는지 생각해 보아요.

____

____

두뇌 게임기를 가지고 열심히 하면 머리가 좋아진다는
거에요. 그래서 애들이랑 놀지도 않아요.

머리가 아프다고?
우리 함께 걸어볼까?

“현호야, 요즘 너 이상하다.”

일요일 아침, 식탁 앞에서 엄마가 물었다.

“엄마, 현호 요즘 나쁜 친구들 사귀어요?’

희진이가 현호보다 먼저 말했다.

“누나는 이상해. 나는 누나 친동생 아닌가 봐. 만날 내 애기만 나오면 나쁘게 말하더라.”

현호는 희진이를 쏘아보았다.

“친동생이니까 걱정해서 그러는 거야. 그런데 엄마, 현호가 요즘 어째서 이상하다고 하는 거예요? 말씀만 하소서. 내가 현호를 악의 구렁텅이에서 구해주리이다!”

희진이의 장난에 아빠까지 커다랗게 웃었다.

"요즘은 민식이랑 통 만나지 않는 것 같아. 숙제도 같이 하지 않고. 현호야, 민식이랑 싸웠니?"

엄마는 걱정스런 눈빛으로 현호를 쳐다보았다.

"그게 아니라…… 진짜 이상한 건 민식이에요."

현호는 그동안 담아 둔 마음속 고민을 말하듯 한숨까지 푹 내쉬었다.

"무슨 일인데?"

엄마와 아빠와 희진이가 동시에 물었다.

현호는 지난주부터 고민하던 문제를 얘기했다.

"내가, '민식아 놀자, 민식아 숙제하자, 민식아 같이 시험 공부하자.' 하면, 민식이는 '싫어! 이제부터 나 혼자 나만의 방법으로 공부하고, 성적 올릴 거야. 두고 봐. 한 달 안에 나는 천재가 될지도 몰라!' 하는 거예요. 그래서 무슨 방법으로 그렇게 될 수 있냐고 물었어요. 그랬더니 잠자는 시간도 줄이고, 공부하는 시간도 줄이고 오로지 '두뇌 게임기'로 게임을 열심히 하면 머리가 좋아진다는 거에요. 그래서 애들이랑 놀지도 않아요. 엄마, 두뇌 게임하면 정말 머리가 좋아져요? 이제 민식이 친구는 내가 아니라 게임기 같아요."

현호는 하소연하듯 말했다.

"쯧쯧…… 초등학생들까지 머리 좋아지는 것 때문에 스트레스를 받는 세상이구나."

아빠는 현호가 민식이인 양 안타까운 얼굴을 했다.

그날 오후, 민식이네 집에 다녀 온 엄마가 걱정스런 얼굴로 말했다.

"현호야, 네 말대로 민식이는 종일 게임기만 붙들고 있더구나. 민식이 엄마도 걱정이 보통이 아니야."

그러자 거실 소파에 앉아 현호와 텔레비전을 보던 아빠가 벌떡 일어났다.

"현호야, 일어나라. 가자."

“네? 왜요? 어디 가게요?”

현호는 멍한 얼굴로 아빠를 올려다보았다.

“오랜만에 민식이 아빠랑 민식이랑 부자 대결 축구 좀 하자.”

작년까지만 해도 두 아빠는 아파트 조기축구회원이었다. 하지만 올해는 두 아빠 모두 바쁘고 피곤하다며 나가지 않고 있다.

“여보, 민식이네 집안 분위기가 영 안 좋은데 무슨 축구에요?”

엄마가 말렸다.

“그러니까 해야지. 손바닥만한 게임기 안에 갇혀버린 아이들을 구하는 방법은 운동장이 최고야. 현호야, 빨리 나와!”

아빠는 벌써 현관 앞에서 운동화를 신으며 말했다.

"네? 네!"

현호는 재미있는 예능 프로그램을 그만 봐야 하는 아쉬움이 크긴 했지만 민식이를 위한다는 말에 재빨리 움직였다.

'그래! 축구, 야구, 족구, 다 좋아! 민식이를 위한다면! 민식아, 기다려!'

01 아이들은 아직 뇌의 각 부위가 성숙되어 있지 않아 회로가 엉성하고 가늘게 연결되어 있다. 그러기에 아무 내용이나 강제적으로 조기교육을 시키면 '과잉학습장애증후군'과 같은 스트레스 증세가 나타나 뇌 발달에 큰 장애를 일으키게 된다.

02 각종 게임 업체가 게임이 두뇌기능을 강화시킨다고 광고하지만 실제로는 뇌 기능을 개선시키지 못한다는 연구 결과가 나왔다. 영국 의료연구위원회와 알츠하이머학회가 기획한 실험에 BBC의 과학 프로그램 시청자 1만 5천명이 참여했다. 실험 결과, 이들의 뇌 기능은 게임 전과 다른 점이 없었다. '잘 먹고 운동하며 스트레스를 낮추고, 새로운 언어나 악기를 배우는 것도 뇌를 활성화시키는 데 긍정적인 영향을 미친다'고 학자들은 말했다.

03 요즘 아이들에게 인기 높은 한 외국 게임기 회사는 '뇌 훈련 게임은 간단한 뇌 기능 오락을 하는 것이지, 과학적으로 뇌 훈련 효과가 있다고 발표한 적은 없다.'고 말했다.

136

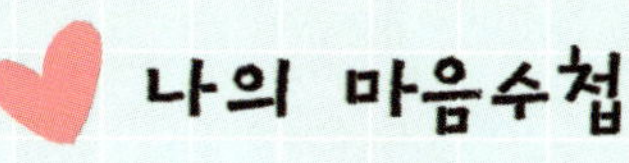

- 게임기를 사용하는 시간 때문에 부모님께 야단맞은 일이 얼마나 되나요?

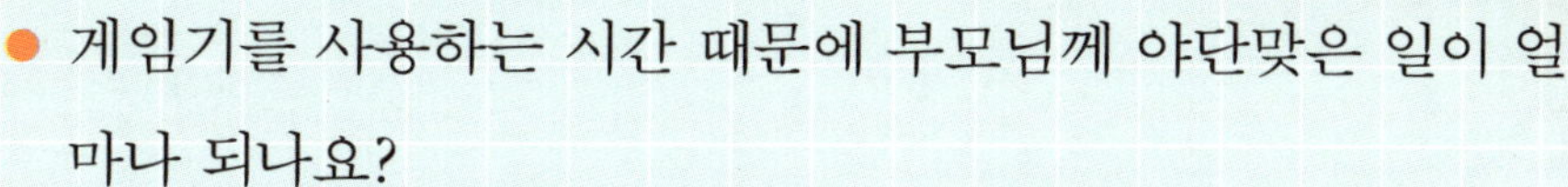

- 만약 내가 게임기 프로그래머라면 어떤 게임을 만들고 싶은지 3가지 정도를 적어 보세요.

- 내가 부모라면 내 자식에게 게임기를 사 줄건가요? 사 준다면 게임기 사용 시간을 하루에 몇 시간 정도로 허락하고 싶은가요?

'호호호, 어쩌지! 네 혈액형이 그런 거라서 매력이 없구나!' 이런 식으로 놀릴 게 뻔하기 때문이다.

열넷
세상 모든 사람 성격이
딱 4가지라고?

"어휴, 왜 이렇게 시끄럽지?"

교실로 들어서는 현호는 놀란 얼굴을 했다. 살펴보니 여자아이들이 한데 모여 큰소리로 웃으며 얘기하느라 교실 안이 흔들거릴 정도였다. 가끔씩 여자아이들은 비명에 가까운 소리도 질렀다.

"뭐야! 난 안 그런데!"

"그럴 줄 알았어! 어쩐지 걔가 싫더라!"

"으악! 내가 이런 성격이라고? 아냐! 아냐!"

현호의 짝꿍인 지영이의 목소리도 들렸다.

"난 B형 남자랑 안 사귈 거야! 정말 밥맛이야!"

현호는 뒷자리에 앉은 지용이에게 물었다.

"지용아, 여자애들이 왜 저러는 거야?"

"말도 마. 기가 막혀서……."

지용이는 어른처럼 한숨을 폭 내쉬고는 말을 이었다.

"수미가 《혈액형에게 물어봐》라는 책을 가지고 왔는데, 그걸 보면서 여자 애들이 저 난리를 피우는 거야."

"아하, 혈액형! 너는 혈액형 얘기 재미없어?"

"응! 난 피에 대한 생각만 해도 무서워."

지용이는 얼굴을 찡그렸다. 그러나 현호는 혈액형에 관심이 많다. 그래서 친구들 혈액형이 무언지 물었고, 다 외울 정도이다.

아빠는 A형, 엄마는 O형, 누나와 현호는 O형이다. 이모는 O형, 이모부는 AB형이다. 그리고 민식이는 B형, 지영이는 AB형, 지용이는 B형, 규성이는 A형, 영호도 A형, 영곤이는 B형, 심지어는 담임 선생님이

O형이라는 것까지 다 안다.

현호뿐 아니다. 친구들 중에도 혈액형에 관심이 많은 아이들이 있다. 그래서 현호는 친구들과 함께 다른 아이들에 대해 말할 때에 이런 식으로 표현하기도 한다.

♥ 쟤는 B형이라서 깐깐한 것 같아. 정말 싫어! 자기만 잘난 줄 안다니까!

♥ 쟤는 A형이라서 너무 소심해. 그리고 툭하면 울잖아. 무슨 남자애가 그럴까?

♥ 쟤는 AB형이라서 돌아이 같아. 어떤 때 보면 좀 이상하다니까.

♥ 쟤는 O형이라서 독재자 같아. 그리고 쟤만 있으

142

면 시끄러워!

그러나 같은 혈액형인데도 좋아하는 아이에 대해선 이런 식으로 말한다.

🧡 쟤는 A형이라서 그런지 참 얌전해. 친구들한테도 얼마나 친절한데!

🧡 쟤는 O형이라서 그런지 참 명랑해. 쟤만 있으면 행복해진다니까!

🧡 쟤는 B형이라서 그런지 참 시원시원해. 한마디로 쿨하다니까!

🧡 쟤는 AB형이라서 그런지 참 독특해. 아마 창의왕 대회에 나가면 1등 할 거야.

현호가 첫째 시간 공부할 준비를 하고 있는데, 지영이가 자리로 돌아왔다.
"현호야, 너는 혈액형이 뭐야?"

현호는 ‘O형이야!’라고 말하려다 입을 다물었다. 지영이가 누구에 대해 말할 때 긍정적으로 말하는 걸 들은 적이 별로 없어서이다. 그래서 O형이든, A형이든 바로 말했다가는 좋은 소리를 못 들을 것 같았다.

‘흥! 네 혈액형이 그런 거라서 성질이 나쁘구나!’ ‘호호호, 어쩐지! 네 혈액형이 그런 거라서 매력이 없구나!’ 이런 식으로 놀릴 게 뻔하기 때문이다.

현호가 아무 말 안 하자, 지영이가 목소리를 높였다.

“현호야, 네 몸에 피 없어? 혈액형이 뭐냐니까?”

현호는 더 큰 목소리로 말했다.

“내 혈액형은 안드로메다형이야! 왜? 어쩔래?”

4 ㄷ A ㄱ
2 B O 가
3 7 O AB ㄴ
5 6 O ㅅ X O
2 3 O J Rh

이 **혈액형(blood-type) :** 19세기 말부터 수혈 때의 경험 등을 통해 알게 된 것. ABO형 외에 MN식, Rh식, P식, I식 등 종류가 많다. 이 중 ABO와 Rh식 혈액형이 널리 알려진 것은 수혈할 때 중요하기 때문. 사람이 네 가지 혈액형을 가지고 있는 것은 바이러스나 세균에 대한 방어를 균형있게 하기 위해서라고 한다.

02 연세대 심리학과 황상민 교수는 혈액형별 성격은 한국과 일본에서만 유행하는데 그 이유는 '자아 정체성 확립 방법이 다르기 때문' 이라고 해석했다. 서구 사회에서는 자신을 스스로 디자인하면서 정체성을 찾지만, 한국이나 일본에서는 '다른 사람이 보는 나'의 모습에 더 신경을 쓰기 때문이라고 설명한다.

03 서울대병원 신경정신과 권준수 교수는 '사람은 불명확성을 두려워하는데, 모든 사람의 성격이 딱 네 가지로 나뉜다니 구분하기도 좋고, 상대를 파악하기도 쉬워서 믿게 되는 것 같다.'고 말했다.

146

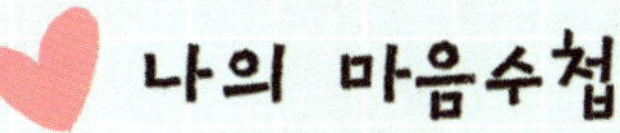

나의 마음수첩

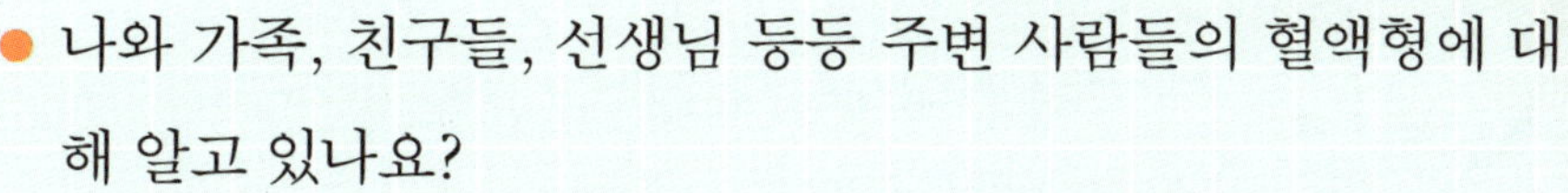

- 나와 가족, 친구들, 선생님 등등 주변 사람들의 혈액형에 대해 알고 있나요?
  그 모든 사람들의 성격이 정말 내가 알고 있는 '혈액형별 성격'에 딱 맞는 것 같나요?

  ____

  ____

- 세상의 모든 사람들의 성격이 혈액형처럼 정말 딱 4가지라면 지구에 무슨 변화가 있을까요? 예를 들어 전쟁이나 가난, 폭력 등의 일들이 더 커질까요? 반으로 줄어들까요?

  ____

  ____

- 만약 나의 혈액형이 지금의 것과 다른 거라면 내 성격이 어떻게 달라질 거라고 생각하나요? 친구들과 이야기 나누어 보아요.

왜 필봉이는 아이들과 친하게 지내지 않을까? 그러니까
애들이 필봉이를 투명인간처럼 생각하는 걸 거야.

나의 마음은 지금 어디로 가고 있을까?

“현호야, 누나 어서 나와서 저녁 먹으라고 해라.”

엄마가 식탁을 차리며 말했다. 거실에서 미술 숙제를 하고 있던 현호는 희진이의 방 쪽을 향해 크게 말했다.

“누나! 밥 먹으래!”

그러나 희진이는 방에서 나오지 않았다.

“누나, 밥! 밥!”

현호는 소리를 꽥 질렀다. 그러자 희진이가 나오면서 신경질을 냈다.

“최현호, 교양 없이 소리 지를래?”

“누나가 대답을 안 하니까 소리 지른 거란 말이야!

나도 교양 덩어리야!"

현호는 볼멘소리를 했다.

"뭐? 네가 교양 덩어리면 나는 교양 마그마다!"

두 아이는 제 자랑을 하듯 말했다.

"세상에 하나밖에 없는 형제여! 서로 사랑하자!"

일찍 집에 온 아빠 때문에 두 아이는 더 이상 싸우지 않았다. 희진이는 밥을 먹으면서 식구들에게 하소연하듯 말했다.

♥ 우리 반에 부모님이 이혼해서 모두 집을 나가는 바람에 할머니랑 단 둘이 사는 여자애가 있는데 너무너무 가난해서 밥도 제대로 못 먹는다. 그런데 아이들이 불쌍하게 생각하지 않고 놀리고 괴롭힌다. 내가 슈퍼맨이라면 그런 애들을 몽땅 혼내 주고 싶다. 어떻게 사람들의 마음이 그럴 수 있냐?

희진이의 이야기를 듣고 난 엄마가 말했다.

"희진아, 사람의 마음은 환경이나 교육방법에 따라

달라지기도 해. 아이들이 어렸을 적부터 사람의 마음에 대해 이해하고 사랑하는 것을 배우고, 어른들이 좀 더 모범을 보였다면 좋았을 텐데……."

희진이와 아빠가 고개를 끄덕였다.

"누나! 십 년만 기다려! 내가 힘이 세지면 혼내 줄게. 내 꿈이 슈퍼맨이기도 하거든!"

현호는 슈퍼맨처럼 두 팔을 쭈욱 들어 올렸다.

"그래! 십 년 아니라 백 년도 기다릴 수 있으니까 정말 슈퍼맨이 되기만 해! 나도 동생 덕 좀 보자!"

희진이의 말에 잠시 무거웠던 집안에 웃음이 흘렀다.

다음 날 아침, 현호는 학교 가는 길에 반 친구 필봉이를 만났다.

"필봉아, 오랜만이야."

같은 반인데도 제대로 얘기한 적이 없어서, 현호는 일부러 크게 인사했다.

"으응……."

필봉이는 겨우
대답만 하고는
앞서서 빠르게
걸어갔다.

현호는 고개를 갸
웃했다.

'왜 필봉이는 아이들과 친하게 지내지 않을까? 그
러니까 애들이 필봉이를 투명인간처럼 생각하는 걸
거야.'

현호는 다시 걸었다. 그때, 누군가 현호의 등을 가
볍게 쳤다.

"최현호! 무슨 생각을 하는 거야? 내가 세 번이나
불렀어!"

민식이였다. 민식이는 언제나 웃는 얼굴이고, 항상
먼저 인사한다.

"잘 만났다. 민식아, 저기 앞에 가는 필봉이에 대해서 아는 거 있니?"

현호는 눈으로 필봉이의 등을 가리키며 물었다.

"왜?"

"필봉이는 교실에서 투명인간처럼 지내잖아. 무슨 사연이 있나?"

"나는 필봉이랑 3학년 때 같은 반이라서 잘 알아. 필봉이는 그냥 성격이 소극적이라서 그래."

그러나 현호는 이해하기 힘들었다. 혼잣말 하듯 중얼거렸다.

"나는 친구들이랑 말 안하고는 못 살 것 같은 성격인데……."

이 **마음이란? – 인간의 정신활동.**

- 사람이 본래부터 지닌 성격이나 품성.
- 사람이 다른 사람이나 사물에 대하여 감정이나 의지, 생각 따위를 느끼거나 일으키는 작용이나 태도.
- 사람의 생각, 느낌 등을 말함.

02 **맹자의 성선설 :** 사람의 마음은 태어날 때부터 착하다.
순자의 성악설 : 사람의 마음은 태어날 때부터 악하다.

03 심리학자 카렌 호나이는 인간관계에 대한 사람의 마음을 크게 3가지로 분류했다.
첫째, 다정하게 사람에게 향하는 것
둘째, 점점 사람으로부터 멀어지려는 것
셋째, 싸우듯 사람과 맞부딪히려는 것

156

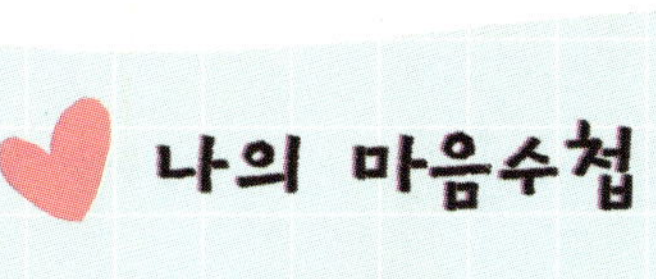

나의 마음수첩

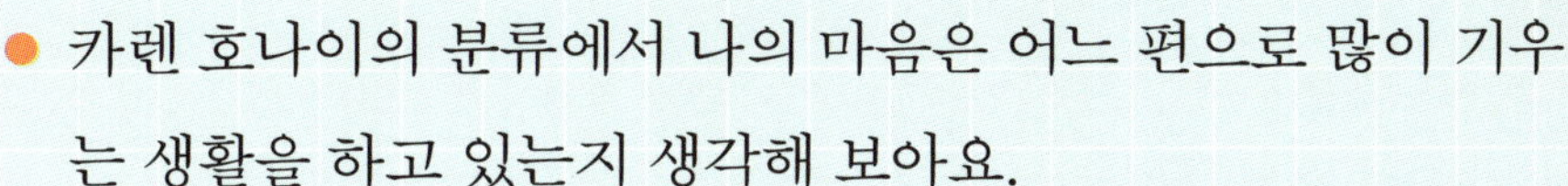

- 카렌 호나이의 분류에서 나의 마음은 어느 편으로 많이 기우
  는 생활을 하고 있는지 생각해 보아요.

  ____

  ____

- 친구들을 떠올려 보세요. 친구들은 어떤가요? 그리고 어떤
  마음을 가진 친구가 좋은가요?

  ____

  ____

- '채근담'에 이런 말이 있어요. '마음이 밝으면 어두운 방에
  도 푸른 하늘이 있고, 생각과 마음이 어두우면 대낮에도 도
  깨비가 나타난다.' 지금 내 마음은 어떤가요?

  ____

  ____

마음속 이야기를 자유롭게 써 보세요